小学館文庫

勘定侍 柳生真剣勝負〈八〉

愚王

上田秀人

小学館

目次

主な登場人物

◆大坂商人

一夜……淡海屋七右衛門の孫。柳生家の大名取り立てにともない、召し出される。

七右衛門……大坂一といわれる唐物問屋淡海屋の旦那。

佐登……七右衛門の一人娘にして、一夜の母。一夜が三歳のときに他界。

喜兵衛……淡海屋の大番頭。

幸衛門……京橋で味噌と醬油を商う信濃屋の主人。三人小町と呼ばれる三姉妹の父。

永和……信濃屋長女。妹に次女の須乃と、三女の衣津がいる。

◆柳生家

但馬守宗矩……将軍家剣術指南役。初代惣目付としても、辣腕を揮う。

十兵衛三厳……柳生家嫡男。大和国柳生の庄に新陰流の道場を開く。

左門友矩……柳生家次男。刑部少輔。小姓から徒頭を経て二千石を賜る。

主膳宗冬……柳生家三男。十六歳で書院番士となった英才。

武藤大作……宗矩の家来にして、一夜の付き人。
素我部一新……門番にして、伊賀忍。
佐夜……素我部一新の妹。一夜が女中として雇っている。

◆幕閣
堀田加賀守正盛……老中。武州川越三万五千石。
松平伊豆守信綱……老中。武州忍三万石。
阿部豊後守忠秋……老中。下野壬生二万五千石。松平伊豆守信綱の幼なじみ。
秋山修理亮正重……惣目付。老中支配で大名・高家・朝廷を監察する。四千石。
望月土佐……甲賀組与力組頭。甲賀百人衆をまとめる。

◆江戸商人
儀平……柳生家上屋敷近くに建つ、荒物を商う金屋の主人。
総衛門……江戸城お出入り、御三家御用達の駿河屋主人。材木と炭、竹を扱う。

勘定侍　柳生真剣勝負〈八〉　愚王

第一章 惨劇の郷

一

家光の使者を見送った柳生左門友矩は、早速に動き出した。

「柳生の郷を滅ぼせとのご諚、承ってございまする」

左門友矩は三代将軍徳川家光から拝領した太刀を掴んだ。

「枷を外してくださった」

太刀を一度抜いた左門友矩が歓喜に満ちた表情を浮かべた。

「命じられるまで気づかぬというのは、それだけ血というものは濃いのだな」

太刀を鞘へ戻した左門友矩が感慨深げに言った。

「なぜ吾(われ)は素直に父、いや柳生但馬守(たじまのかみ)ごときの命に従い、このようなところで身を慎んでいたのか。真に吾がお指図を受けるのは、この世にただお一人、公方(くぼう)さまだけであるはずなのに」

左門友矩の顔が悔しげにゆがんだ。

「これが親子、血の呪いか」

出歩かなくなったことで透き通るようになった腕の肌に浮きあがる血の筋を左門友矩が見た。

「なれば、断ち切ればよい」

左門友矩が宣した。

「……どちらへ行かれる」

「お屋敷から出られるのは、お慎み願いたい」

左門友矩の療養屋敷という名前だけの軟禁場所は、あえて見張りや警固を付けていなかった。左門友矩がその気になれば、無意味に殺されるだけであったからだ。

しかし、幕府の使者が左門友矩のもとを訪れたとあれば、放置しておくことはできなかった。

左門友矩が門から出ようとすると警固の藩士たちが姿を見せた。

「先祖の墓に参りたい」

左門友矩が墓参を口にした。

「ご遠慮いただきますよう」

警固の藩士が首を横に振った。

「墓参りもならぬか」

「殿より、一切のお出歩きを許さずとのご指示が……」

うつむいて残念そうにした左門友矩に理由を説明していた藩士の首が飛んだ。

「井沢……」

さすがに武を誇りにする柳生家の藩士である。同僚の悲惨な死に驚きながらも、太刀を抜きかけた。

「……墓に入るのはそなたらであったな」

その藩士を左門友矩が返す刀で両断した。

「柳生を滅ぼせ……承りましてございまする。公方さま」

血刀を下げたままで、左門友矩が柳生藩の館へと歩を進めた。

「あれは……左門さま」

館の門番が近づいてくる左門友矩に気づいた。

「出会え、出会え。左門さま、乱心」

血刀を確認した門番が大声をあげた。

「おいっ」

「ああ」

門番二人が、手にしていた六尺棒を構え、足下を固めた。

「……………」

無言で左門友矩が間合いを詰めてきた。

「お手向かいいたしますぞ」

「ごめん」

門番二人が六尺棒で打ちかかった。

太刀は三尺（約九十センチメートル）、対して六尺棒はその倍の長さを持つ。

左門友矩の間合いに入る前に、動いた二人は正しかった。

「げっ」

「馬鹿な……」

左右から左門友矩を襲った六尺棒がともに斬り飛ばされ、半分の長さになった。

「ふっ」

嗤うように口をゆがめた左門友矩が、門番二人の間を流れるように抜けた。

「があ」

「ぎゃっ」

二人の門番の首根から血が遅れて噴き出した。

「刀の錆にもならぬ」

手応えのなさに、左門友矩があきれた。

「これでよくぞ新陰流を名乗れたものよ。上泉伊勢守さまも泉下でお嘆きであろう」

左門友矩が嘆息した。

門番の叫びは、館の隅々まで届いた。

「左門さま、乱心だそうだ」

「槍を持て」

「弓を、鉄炮を用意しろ」

国元の藩士たちが色めき立った。

「よいのか。左門さまは殿のご次男さまだぞ」

「かまわぬ。万一のときは斬ってでも止めよとのお言葉があった」

まともなことを言いかけた藩士に、別の藩士が首を横に振った。

「……ならばやむなし」

「なにがあっても郷から出すな」

藩士たちが玄関へと殺到した。

「……来たか。公方さまに手向かう謀反人ども」

玄関で左門友矩が仁王立ちして待っていた。

「お屋敷へお戻りを」

藩士の一人が最後の説得を始めた。

「いかに左門さまでも、これだけの者を相手にはできますまい」

ちらと藩士が庭から大回りしてきた同僚へ目をやった。

「飛び道具か。情けなし。新陰を学ぶ者なれば、刀で来い」

不快そうに左門友矩が、眉間へしわを寄せた。

「勝たなければならぬ。敗者にはなにも与えられぬというのも教えでござる。死した後の名誉など握り飯一つの価値もございませぬ」

藩士が言い返した。

「名は要らぬと」

「虚名より実利を取ることこそ、武士の倣いと心得てございまする」

たしかめた左門友矩に藩士が応じた。

「よくぞ申した。そなた名は」

「行田三郎（ぎょうださぶろう）と申しまする」

問われた藩士が答えた。

「では、始めようか。鉄炮と弓の用意もできたようであるしな」

「…………」

時間稼ぎの会話だと見抜かれていた行田三郎が黙った。

「柳生刑部少輔（ぎょうぶしょうゆう）、参る」

「放て」

ぐっと腰を落とした左門友矩を見て、行田三郎が手を振りあげて下ろした。

「ぬん」

左門友矩が太刀を小さく二度振った。金属がぶつかったにしては鈍い音がして、鉄炮の弾が弾かれ、返す刀で弓が中ほどで折り飛ばされた。

「……馬鹿なっ」

「あり得ん」

鉄炮と弓を放った者たちが啞然とした。

「急所を狙おうとするからよ。あらかじめ守るところがわかっていれば、これくらいできて当然」

左門友矩が淡々と言った。

「化けものめっ」

誰もが呆然とするなか、行田三郎は動けた。

すでに抜いてぶら下げるようにしていた太刀を、踏みこみざまに斬りあげた。

「初歩だな」

その一撃を左門友矩は受けるでもなく、半歩ずれるだけでかわした。

「ちいっ」

空振りしたと気づいた行田三郎が、二撃めを繰り出そうとした。

「気づけ、そなたはもう刀を握っておらぬ」

「えっ」

指摘された行田三郎が、目を落として確認した。

「両手がな……い」

行田三郎の両手が肘から先を失っていた。

「さすがはご拝領の太刀じゃ。無銘とはいえ、公方さまがお遣いになるにふさわしい業物(わざもの)である」

左門友矩が誇らしげに太刀を見た。

「喜ぶがいい。公方さまのご佩刀(はいとう)で死ねるのだ。末代までの誇りにせよっ」

表情を一変させ、鬼の形相となった左門友矩が、地を蹴った。

「は、疾(はや)い」

「もうっ……」

後ろにいた鉄炮と弓がまず狙われた。

「どうしてっ」

「いつのまに」

二人を守るようにではないが、前衛を務めていた藩士たちが左門友矩に抜かれて驚いた。

「わっ」

「このお」

弓ごと断ち切られて弓持ちの藩士が死に、なんとか鉄炮を盾にした鉄炮持ちが斬撃を防いだ。

「さすがに鉄炮は斬れぬか」

苦く頬をゆがめた左門友矩が、太刀を突き出した。

「ひゃくっ」

鉄炮の幅では、すべてを守り切れない。鉄炮持ちが、喉を貫かれて絶命した。

「おのれがあ」

背中を向ける形になった左門友矩を、抜かれた前衛の藩士が襲った。

「不意討ちで声を出すな」

右足を軸にくるりと廻(まわ)った左門友矩が、もっとも迫っていた藩士を両断した。

「…………」

すさまじい左門友矩の太刀遣いに、藩士たちが黙った。

「そちらからかかってこぬならば……」

左門友矩がふたたび踏み出した。

二

武士は忠義を第一とすべし。

夫婦は二世、主従は三世。

幕府が設立以来、さんざん口にしてきたことである。

なぜ、このように忠義を問題にするのか。それは幕府の足下が万全ではないからであった。

徳川幕府は、鎌倉(かまくら)、室町(むろまち)と同じように、天下を平定した武家によって設立された。

いわば、今の大名のなかでもっとも強いものといえる。

たしかに徳川家康は、前代の覇者で公家の頂点に立った豊臣家を滅ぼし、天下を掌握した。いや、天下一の武力を誇ったというべきだろう。

しかし、一代の英傑によって建てられた権力は、もろい。

豊臣秀吉によってなし遂げられた惣無事は天下の争いを収めたが、その死とともに静謐は崩れ、二代目で滅びを迎えた。

それを目の当たりにしてきた徳川家康、最後の下剋上をしでかし豊臣秀頼を討ち果たした徳川家康が、対策を取らないわけはなかった。

「跡継ぎがないなら潰す」

「領地をうまく治められないなら潰す」

「幕府に従わぬなら潰す」

「とりあえず潰す」

徳川家康は豊臣家を裏切っておのれに付いた外様大名を潰すことで、下剋上、謀反を防ごうとした。

「これだけでは、いずれ反発が来る」

今のところ徳川家康という英傑への畏れで、誰もが従っている。だが、人はいずれ死ぬ。ましてや老齢になるまで耐え忍んで、晩年に偉大な功績をなした徳川家康の天寿はそう遠くないうちに尽きる。

「使いものにならない子孫が出てきたときに、備えねばならぬ」

徳川家康は力だけでは、滅びを防げないとわかっていた。

そこで徳川家康は、武家の意識を変えようと考えた。

「君君たらざれば臣臣たらず」

戦国乱世では、仕えるに値しない主君は見限っていいとされてきた。

「七度主君を変えて、ようやく武士は一人前」

津藩藤堂家の初代高虎など、徳川の世になってからもそう公言してきた。

なぜならば、主君が無能であれば、家臣を道連れに滅ぶからであった。

「勝てる戦いじゃ」

どこをどう見れば、そうなるのかわからないが、強敵に無駄に挑んで消えていった者は多い。

朝倉義景、浅井長政、武田勝頼、北条氏政、名だたる大名だけでも枚挙に暇がない。

一所懸命、武士は土地を守るために命を懸ける。一生懸命ではないのだ。生涯を尽くして仕えるなど、よほど相手に惚れこみでもしなければありえなかった。

「それでは困る」

今までの考えが続けば、徳川家康の子孫に支障がでかねない。

「ずっと忠義を続けさせねばならぬ」

結論づけた徳川家康は、天台宗の僧天海や朱子学の大家林道春らに命じて、忠義の価値を上げるような考えかたを幕府の根本とすべく研究させた。

「決して油断するべからず」

豊臣家を大坂に滅ぼし、幕府の基礎を定めた徳川家康は元和二年（一六一六）に七十五歳で死んだ。

「父の遺したように」

すでに将軍の座を譲られていた徳川秀忠は、父家康の考えを継承した。多少は、独自のことをしたが、基本は幕府の存続に傾注した。

問題は三代目であった。やはり徳川秀忠から将軍の座を譲られていた家光は、幕府のことを考えていないわけではないが、祖父や父のようにそれを第一義とはしていなかった。

「祖父や父はそなたらと同じ大名であった時期もあった。しかし、余は生まれながらの将軍である」

家光は将軍就任の場において、諸大名相手にそう嘯いた。

事実、家光が生まれたのは、徳川家康が征夷大将軍宣下を受けた慶長八年（一六〇三）の翌九年であった。

つまり、家光は将軍になるために生まれてきたと言ったのであった。

「直系は三代」

こういった慣用句がある。

これは実子の相続というのは三代くらいで不可能になり、一門から養子を迎えるか、他家に成り代わられるかしやすいというものだが、もう一つ裏の意味があった。

「三代目に馬鹿が出やすい」

苦労して功績をあげた初代、その辛苦を見て育った二代目、そしてなんの憂いも知らず家を継いだ三代目。

先祖が偉かっただけなのに、おのれは生まれながらにして尊いと思いこんでいる世間知らず。

このような輩が家を、天下を継げば、どうなるかは自明の理である。

「さすがは公方さま」

「ご慧眼でございまする」

まず阿諛追従の輩が寄ってくる。

「それはなりませぬ」

「神君さまのお考えに反しましょうぞ」

もちろん、忠言を口にしてくれる者もいるが、

「うるさい」

「そのような考えだからこそ、古いのだ」

耳に痛いと遠ざける。

「……………」

賢明な家臣ほど見限るのは早い。破滅に巻きこまれたくはないからだ。

なにより暗君というのは、讒言を信じる。それが寵臣からのものであれば、何一つ調べることもせず、受け入れる。そのくせ、寵臣への苦情は、讒言だとして諫言してくれた者を厳罰に処する。

「気に入らぬ」

最悪の場合は、この一言でなんの罪もない者が首を切られる。

そんな馬鹿なことはないだろうと笑い飛ばすことはできなかった。なにせ先例がある。

家光ではない。まだまともだと考えられていた二代将軍秀忠が、一人の小納戸を手討ちにした。小納戸とは、食事の用意、着替え、御座の間の清掃など将軍の身の回りの世話をする役目で、絶えず側近くにいるため目に留まりやすく、小姓番になれない家格の旗本にとって出世のしやすい垂涎の役目であった。

「小納戸になったか」

辞令を受け取った旗本は、将来安泰だと一族をあげて、祝いをする。それくらいの価値があった。

「そのしたり顔が腹立たしい」

秀忠は新任の小納戸がようやく仕事に慣れてきたころ、本人ではどうしようもない難癖を付け、罷免ではなくその場で無礼討ちにした。

「…………」

たちまち御座の間は血に染まり、小姓番、小納戸たちが秀忠の暴挙を目の当たりにして固まった。

「片付けろ」

倒れている小納戸を見下ろした秀忠が命じ、ことは単なる無礼討ちだとして終わった。当たり前ながら、大目付も目付も大名、旗本は処断できても、将軍にまでその権力は及ばない。

「新たな小姓番の某でございまする。お気に召すかどうか」

結果、幕府は小姓番、小納戸など二六時中将軍の目に触れる者を新たに任じる前に、目通りをさせるようにした。

「気を遣うのだぞ」

幕府の対応はそれで終わったが、小姓番や小納戸に補された家では、水盃を交わすという習慣ができてしまった。

賢君とはいわないが、まあ問題のない将軍だった秀忠でさえ、そのありさまなのだ。家光への警戒を皆が持ったのも当然であった。

「公方さま、公方さま」

だが、将軍という権威は大きく、他人を惹きつける。

戦がなければ、武士は出世ができない。できないわけではないが、非常に難しくなる。その出世や立身を思うがままにできるのが将軍なのだ。

「愛い奴」

人の好き嫌いが激しいだけに、気に入れば家光の対応は前例がないほど手厚いものになる。

そのいい例が、松平伊豆守信綱、阿部豊後守忠秋、堀田加賀守正盛であった。

三人とも数百石から千石といった身代の家に生まれた。幼くして家光の小姓となり、その閨に侍ったことで寵愛を受け、いずれも譜代大名として名誉の地位と城、領地を賜り、幕政を預かる老中にまでなった。

これは家光が女色に興味がなく、男色に耽ったお陰であった。

だが、性に起因する寵愛は変化する。とくに幼年、美少年を好きな家光である。いかに松平伊豆守らへの寵愛が深いとはいえ、年齢を重ねると方向が変わる。

寵童から寵臣へとなり、閨に呼ばなくなる代わりに表の権威が与えられていく。

「公方さまと御老中さまが……」

将軍と執政が、いまだに閨をともにするなど天下の醜聞でしかない。

「いかがなものか」

「退かれるべきだ」

「徳川の名前が墜ちる」

御三家が揃って家光を糾弾すれば、いかに将軍といえども抗するのは難しい。

「わかった」

松平伊豆守らとの関係を表のものだけにするか、家光が隠居して将軍の座を譲るか。

そのどちらかを迫られるとなれば、家光は将軍の座を取る。弟に三代将軍の座を奪われかけた少年期の苦い思いが家光を縛りつけているからだ。

では、どうするか。

「なにとぞ、お世継ぎさまを」

家光の乳母というより、母に等しい春日局がすがりついて願い、やっと女と閨をともにできるようになった家光だが、性癖というのは生涯変わらない。

「これは……」

子を作らねばならぬということで、男色を辛抱していた家光の前に現れたのが柳生左門友矩であった。

「御側にてお遣いくださいますよう」

柳生新陰流の継承者として将軍家剣術指南役を務める柳生但馬守宗矩が、次男を家光の小姓にすべく登城してきた。

「………」

まだ前髪を付けていた柳生友矩の美少年振りに、家光が言葉を失った。

柳生友矩は天下の美女と噂された母藤の美貌をそのままに引き継いでいた。

「よい。側近くを許す」

それ以降、柳生友矩への寵愛はすさまじかった。

「屋敷へ帰ることを許さず。御座の間で起居いたせ」

家光は左門友矩に狂った。

「側去らず」

寵臣にも使われる言葉だが、まさに左門友矩がそうなった。

十五歳で目通りをして以来、ずっと小姓のままにおいていたが、さすがにそれにも限界が来る。

「徒頭(かちがしら)をいたせ」

二十二歳で家光上洛(じょうらく)の供をし、その褒賞として徒頭に任じられた。

徒組は騎乗身分でない一代抱え席の御家人五十六人、旗本身分の組頭二人からなる。その頭に左門友矩はなった。

「刑部少輔じゃ」

さらに同じ年、左門友矩は従五位下(じゅごいげ)刑部少輔の官名を許され、父柳生宗矩と式典では肩を並べる身分となった。

「よく尽くしておる」

家臣が主君に尽くすのは、当たり前のこと。

家光はわざわざ口にしなくてもいい理由をもって、左門友矩に山城(やましろ)国で二千石を給した。

「かたじけなし」

禄(ろく)なく小姓としての扶持米(ふちまい)だけであった左門友矩は本家の冷や飯食いから、別家を建てることができた。

嫡男でない次男以降にとって新規取り立ては大きな名誉であった。

「禄を分けてやる」

兄や父から家禄の一部をもらうのとは価値が違った。

分家はあくまでも本家の支配下にあり、婚姻、相続、役目への就任など、すべてをその指示のもとにおこなわなければならなかった。

言いかたを変えれば、実家の紐付きであった。

なれど別家は違った。別家は主君から認められたもので、家臣という立場でいけば、実家と同格になった。

「これはまずい」

家光の寵愛振りに柳生宗矩が恐怖した。

惣目付という大名を監察するべき柳生宗矩の息子が、将軍へ身体を差し出して二千石をもらった。

いわばえこひいきの極致である。そんな息子を持つ惣目付の監察など、誰も受けつけない。

「まずは息子をどうにかなさるべきではござらぬか」

こう返されては、柳生宗矩に反論はできない。

「なんとかせねばならぬ」

柳生宗矩が怖(おそ)れたのは、役目の問題だけではなかった。

「このままでは本家と別家が逆転してしまう」

いや、むしろこちらが本当の理由だった。

もちろん、かつて分家が本家を凌駕(りょうが)して、立場が変わった例はいくつもあった。これもときの勢いであり、分家の台頭を許した本家に問題があったといわれればそれまでの話である。

問題は、柳生宗矩にあった。

柳生新陰流という剣術において、本家は尾張(おわり)柳生であった。一代一人にしか認められない柳生新陰流の伝承は、柳生宗矩の父石舟斎宗厳(せきしゅうさいむねよし)から長男の厳勝(としかつ)へ譲られていた。

「わたくしにもいただきたい」

柳生の庄を継いだ宗矩は、何度も石舟斎に頼んだが、

「すでに決まったことだ」

石舟斎は相手にもしなかった。

だが、その厳勝が討ち死にしてしまった。

「なれば、孫に継がせる」

石舟斎は亡くなるまで、厳勝の次男利厳(としとし)に稽古を付け、柳生の皆伝(かいでん)を与えた。

「……ならば」

柳生宗矩は、石舟斎の死を待ち、本家筋でありながら柳生の庄を継げず、尾張藩へ仕えた利厳を脅した。

「将軍に仕え指南役を務める拙者が、新陰流の印可を持たぬのは柳生の恥であるぞ」

叔父から厳しく迫られた利厳はとうとう折れ、柳生宗矩に印可を渡した。

そう、柳生宗矩は剣統において、分家でしかなかったのが、本家と入れ替わったのだ。

「左門に柳生の地を奪われる」

おのれがやったことは返される。因果応報を喰(く)らう。

「柳生の本家となれ。但馬守にはあらためて剣術指南役として千石をくれてやる」

左門友矩かわいさに訳がわからなくなっている家光が、いつそう言い出すかわからない。下手をすれば将軍家剣術指南役も左門友矩へ移しかねなかった。

「病の療養を国元でさせたく」

さすがに病気療養となれば、家光も邪魔できなかった。

「医師を」

「柳生の者は、郷でこそ癒やされまする」

抵抗しようとした家光を柳生宗矩が押さえこんだ。

「もう限界か」

柳生宗矩は家光の我慢が限界に近いと見抜いていた。

「気分が乗らぬ」

家光がそう言って、剣術の稽古を避けることが多くなってきている。これは剣術が嫌なのではなく、柳生宗矩の顔を見たくないがゆえの行為だとわかってもいた。

「呼び返せ」

ついに家光が辛抱しきれなくなった。

「山城国で四万石じゃ。不足はなかろう」

惣目付を辞めさせられた柳生宗矩に、家光が宣言した。

「四万石……」

柳生宗矩が息を呑んだ。

二千石から必死で頑張って、ようやく一万石になれた柳生宗矩にとって、四万石は終生届かない。

「本家でなくなる」

いきなり二千石から四万石という、二十倍の加増など常軌を逸している。

どう考えてもおかしくなっている家光の行動は、予測できない。

もし左門友矩を大名にして、いずれは松平伊豆守らと同じく執政に引きあげるならば、柳生宗矩は不要になる。

「もう武の世ではない」

天下は泰平に慣れ、刀よりも算盤(そろばん)が重視されつつある。その傾向は武によって成り立った幕府が中心となっている。

大番組や先手組より勘定方(かんじょうかた)が優先され、武功なき者が執政になる。誰もがこれからは金の時代だとわかっていた。

「江戸へ来い」

柳生宗矩も同様であった。

まったく連絡を取っていなかった一夜(かずや)を、親子関係を盾にして無理矢理江戸へ連れてきたのも、その商才を利用するつもりだったからである。

これは将軍に武術は不要という、鎌倉、室町の二の舞への備えでもあった。

「将軍が直接戦うようでは負けである」

こういった話が出ているのはたしかであった。

これは正しい。もっとも奥にあって、分厚い警固に守られている将軍に刃が届くというのは、味方が総崩れとなった証であった。

「たとえ一太刀でも防いでいただければ、助けの手が間に合うかも知れない」

本来ならば、こう言われるべきであったのが、それは少数派になってしまった。

「公方さまに剣術の稽古は要るまい」

近いうちにそうなってしまう可能性が高い。

「それだけは認められぬ」

柳生新陰流の矜持も立場も失ってしまう。

「公方さまは左門を呼び返す使者を出された。その使者を主膳は害することができなかった」

柳生宗矩の三男主膳宗冬が、一夜に対する失態を取り返すべく名乗り出たが、それは長男十兵衛三厳によって防がれた。

「あやつが敵に回ったならば、使者は無事だ」

剣の才能も十二分だが、そこに諸国廻国修行を重ねてきた十兵衛三厳の腕は、柳生宗矩でさえ敵わない。

「……こうなれば、柳生家当主たる儂が出るしかない」

柳生宗矩がひそかに肚をくった。

三

伊賀をこえて、淡海一夜は柳生十兵衛三厳とともに柳生へと入った。

「柳生はいいの」

十兵衛三厳が、遠くに見えた柳生館を見て、しみじみと言った。

「やはり柳生の血はここに根付いているのだろうなあ」

「ちっともええことおまへんわ」

一人で感動している十兵衛三厳に一夜が手を振った。

「わたいにとって故郷は大坂でっさかいな」

「まったくなにも感じぬのか」

一夜の言葉に十兵衛三厳が問うた。

「一寸もおまへんわ」

「そなたにも柳生の血は流れているのだぞ」

十兵衛三厳が反論した。

「そんなもん、道頓堀川へ流しましたわ。とっくの昔に」

「…………」

露骨に嫌な顔をした一夜に、十兵衛三厳が嘆息した。

「今、父と拙者、左門、主膳が死ねば、そなたが柳生を継ぐことになるのだぞ」

「なんで負の遺産を引き受けなあきまへんねん」

「柳生一万石を負と言うか」

「負以外のなんですねん。わかってますやろ」

もう一度ため息を吐いた十兵衛三厳に、一夜があきれた。

「金がないということなら、知っているぞ」

十兵衛三厳も一夜がなんのために呼びつけられたかをわかっている。下手に柳生が大名になってしまったため、藩の経営が必須となったからであった。

「治政の能なし」

かつて惣目付だったころ、柳生宗矩は、借財が多い、一揆が勃発したなどの理由で大名たちを咎めてきた。

だが、それは旗本だったからできた。おのれも同じ立場の大名になってしまうと、惣目付という役目からは外れなければならなかった。そのままでい続ければ、なにかしらの特別扱いがと勘ぐられてしまう。それは清廉潔白、秋霜烈日が求められる監察とは正反対のあり方になってしまう。大名というのは、譜代であろうが外様であろうが、領地においては至上、徳川家に付随している旗本とは拠って立つ場所が違う。

「……金かあ」

十兵衛三厳が天を仰いだ。

「こればかりは新陰流でもどうにもならんな」

「一人、十兵衛兄はんが喰うくらいならできますけどなあ」

「……お、おい」

言った一夜に、十兵衛三厳が驚いた。

「いやあ、そろそろええかなと」

一夜が頭を掻(か)いて照れた。

「まだ、兄と呼んでくれるのか。柳生の手先である伊賀者に殺されかかったというのに……変わらずに」

「ちょっと前から呼んでましたが」

確認した十兵衛三厳に一夜が苦笑した。

「意味が違う。柳生の庄を前にしてもそう呼んでくれる。これは吾を本当に兄として認めてくれた証」

「そらあ、あんだけ守ってもらったら、信じますわ」

「兄が弟を守るのは当然ぞ。長幼はそのためにある。兄が家を継ぐのは、弟たちを庇(ひ)護(ご)する義務を負うからである」

「まあ、そのへんはよろしいがな」

直截(ちょくせつ)な表現をぶつけてきた十兵衛三厳に一夜が照れた。

「わたいは一人息子で、兄弟がいてまへんよってなあ。憧れてましてん」

「憧れられる兄になれたか。うれしいことよ。一夜、もう一度心をこめて兄と呼んでくれ」

「そんな恥ずかしいまねできますかいな。また、なんぞのおりにでも」

要求する十兵衛三厳から一夜が逃げた。

「よいではないか」

「それ、女(おなご)はんに言う言葉でっせ。弟には不向きや」

迫る十兵衛三厳を一夜が嫌がった。

「いや、なんというか、いつも背中の毛を逆立てていた野良猫が、急になついたというか、なにか新鮮でな」

「猫扱いしなはんな」

ほほえむ十兵衛三厳を一夜が睨(にら)んだ。

「まあ、十兵衛はんは身内として誇れますし、なによりわたいのことをしっかりと守ってくれてはりますやろ。もう、別段いなくてもええのに」

「いなくてよいなどと……」

「柳生が十年は潰れないだけのことを仕込みました。極端な話、わたいがいなくなっても柳生はぎりぎり大名としてやっていけます」

「だからといって、一夜を見捨てる理由にはなるまい」

十兵衛三厳が憤りを見せた。

「兄はんが柳生の当主やったら、わたいも真剣に勘定方をやりましたで。五年で五万石、十年後には八万石、兄はんが隠居するころには十万石にしてみせました。それだけの自信はおます」

「十万石とは……」

一夜の語りに十兵衛三厳が驚いた。

徳川家康は配下に厳しい大名であった。豊臣秀吉が気前よく領地や金品をくれてやったのに対し、家康は関ヶ原の合戦で天下を取るまでは配下の者たちの禄は、かなり少なかった。徳川幕府が安定した今でも、譜代大名で十万石をこえる者は数えるほどしかいなかった。

「それくらい、金を遣えばできまっせ」

「出世も金か」

十兵衛三厳が首を横に振った。

「金を嫌ったらあきまへん。金は武力よりもはっきりと目に見える力ですよって。どれだけ強くとも金がなければ、良い武具も買えないし、なにより腹一杯に喰えまへん。それでは雑兵の放つ鉄炮にも勝てまへんで。そして鉄炮も弾も足軽も金で購えます」

「むう」

一夜に諭された十兵衛三厳が唸った。

「ああ、ついでに言うときますけど。わたいの身内は十兵衛はんだけですからな。但馬守さまを父と呼ぶ気はさらさらおまへんし、主膳なんぞ、あれ呼ばわりするつもりですし」

「父はいたしかたあるまいが、主膳をあれ呼ばわりは……」

はっきりと宣言した一夜に、十兵衛三厳がなんとも言えない顔をした。

「何度殺されかかったか。仕返ししてへんだけましやと思うてもらわんと」

「そなたの仕返しか……怖ろしいな」

腹立たしげな一夜に、十兵衛三厳が肩をすくめた。

「さあ、そろそろ行きましょうか。お陰さまで足もだいぶんと楽になりましたわ」

この無駄話のような遣り取りが、柳生の庄に入る前の休息のために十兵衛三厳が設けてくれたものだと一夜は気づいていた。

「……いや」

十兵衛三厳が頬を緩めた。

柳生はその成り立ちも、今も武を売りにしている。というか、武術に長けていない者を軽視するきらいが強い。

「やってられぬ」

長く勘定方が育たなかったのは、これが原因であった。

そこへ一夜の登場である。

一夜は瞬く間に柳生の内情を改善して見せた。これは戦場で兜首を獲るよりもはるかに大きな功績だが、柳生では認められにくかった。

「情けなし」

その一夜が江戸から柳生へ戻ってきた。たしかに伊勢から柳生までの道筋は山ばかりで辛い行程ではあった。だからといって、柳生の庄の中心、館へ着いたとき疲労困憊では、体力さえもないのかと侮られる。

「算盤なんぞより、木刀を持て」

はるかに身分の低い足軽や小者にも一夜が低く見られては、後々に障る。

そのことを懸念した十兵衛三厳は、郷入りする一歩手前で足を止め、一夜と無駄話をしながらその体力の回復を待ってくれたのであった。

「草鞋の紐も締め直せました。水も飲めた。息も整えた。衣服の埃も払いました」

一夜が十兵衛三厳を見た。

「うむ」

十兵衛三厳も一夜の姿がまともだと認めた。

「ほな、あと少し。頑張りまひょ。兄はん」

一夜が笑った。

柳生の館は街道から少し下ったところに建っていた。

「…………」

柳生の庄へ入った十兵衛三厳の目つきが変わった。

「兄はん」

「そなたも気づいたか」

一夜の声に緊張が含まれていると悟った十兵衛三厳が、険しい表情で応じた。

「これはあかん臭いや」

「血だな」

首を左右に振った一夜に、十兵衛三厳が告げた。

「兄はん、ちいと息を殺してや」

「ああ」

一夜の指示に十兵衛三厳が従った。

「……聞こえた」

耳に手を当てた一夜が呟くように言った。

「あっちや」

「館ではないのか」

「もっと近い」

確認した十兵衛三厳に、一夜が首を横に振った。

「村外れのお堂……」

十兵衛三厳が思い当たった。

「大声を出すなよ」

「わかってます」

釘を刺した十兵衛三厳へ、一夜がうなずいた。

峠というほどではない丘から、村の範囲を示し外からの不浄を防ぐために建てられたお堂までは、すぐであった。

「開けるぞ」

「どうぞ」

十兵衛三厳の行動を一夜が認めた。

「ご免やで」

「……酷いな」

なかを見た十兵衛三厳が頬をゆがめ、一夜は倒れている村人へ近づいた。

「…………」

一夜が無言で目を伏せた。

「話はできぬか」

「さっきのうめき声が最後の力やったんでしょう。もう、意識はおまへん」

事情を聞けないかと問うた十兵衛三厳に、一夜が駄目だと告げた。

「背中から一撃か」

「首やなかったから、今まで保(も)った……」

ため息を吐くように述べた十兵衛三厳と一夜が目を合わせた。

「行くぞ」

十兵衛三厳が館を指さした。

「君子危うきに近寄らずですけどなあ。行かんというわけにはいきまへんなあ」

一夜が嘆息した。

「離れるな、一夜」

「言われんでも」

強く命じた十兵衛三厳に一夜がうなずいた。

「走るぞ」

十兵衛三厳が館へ向けて走った。

「速っ」

一夜が絶句した。

「あれが十兵衛はんの本気か」

あっという間に十間（約十八メートル）以上離された一夜が息を呑んだ。

「……あかん、一人になってまう。こんな状況で兄はんとはぐれたら終わりやがな」

あわてて一夜も追った。

四

最初の死体は、館の門前に横たわる門番二人のものであった。

「佐助（さすけ）、陣三郎（じんざぶろう）」

顔見知りだったのか、十兵衛三厳が名前を口にした。

「……やっと追いついた。これはまた……」

一夜が十兵衛三厳の隣で息を呑んだ。

「大丈夫か」

十兵衛三厳が一夜を気遣った。

「もう慣れましたわ」

一夜が苦笑した。

「そうか、慣れたか」

悲しそうな声で十兵衛三厳が漏らした。

「後でな」

軽く手を合わせた十兵衛三厳が、館のなかへと足を進めた。

「成仏しいや」

一夜も合掌して続いた。

「……これは」

玄関前にはいくつもの死体が、まるで捨てられたかのように放置されていた。

「伊崎……おまえがやられるとは」

見知った者の姿を見つけた十兵衛三厳が驚いた。

「できるお方やったんですか」

一夜が尋ねた。

「ああ、国元の道場を預かっていた。柳生新陰流の腕でいえば、主膳、いや父さえも凌駕するだろう」

「但馬守はんも。腕前を直接見たことはおまへんけど、将軍家剣術指南役でっせ」

「一応な」

目を剝いた一夜に十兵衛三厳が嗤った。

「……………」

嗤いを消した十兵衛三厳が、伊崎の身体を検め始めた。

「このようすでは、斬られてから一日以上は経っているな」

「完全に血が乾いてますわ」

十兵衛三厳の意見に、玄関の壁や床板を見つめていた一夜が同意した。

「刀に刃こぼれがない……これでは一合もできずにやられたことになる」

伊崎の遺体から離れて、十兵衛三厳が他の藩士へと移った。

「これもだ」

次から次へと十兵衛三厳が見た。

「鉄炮に傷がある。さすがに断ち切れてはいないが、しっかりと食いこんだようだ」

やがて十兵衛三厳が鉄炮を持っている藩士のところで受け傷を発見した。

「……………」

「鉄炮、弓まで持ち出して、壊滅」

十兵衛三厳が屈んでいた腰を伸ばした。

「鉄炮は放った痕跡がある」

ぐっと十兵衛三厳の顔つきが厳しくなった。

「……しかも倒れている者どもの刀傷から推測して、相手は一人」

十兵衛三厳が天を睨んだ。

「左門だ」

歯を食いしばった隙間から左門友矩の名前を十兵衛三厳は口にした。

「…………」

「辛抱が切れた、いや軛が外れたな。そうか、公方さまの使者が、左門友矩を解き放ったな」

「…………」

十兵衛三厳の叫びにも一夜は応じなかった。

「どうした、一夜。気分が悪いならば、遠慮なく外していいぞ」

ずっと黙ったままの一夜を十兵衛三厳が案じた。

いくら慣れたとはいえ、半年ほど前まではただの唐物(からもの)問屋の若旦那でしかなかったのだ。これだけ凄惨な場面に出会うなど思ってもいなかったはずである。

あまりの惨状に一夜が言葉さえ失っていると、十兵衛三厳が考えたのは無理もないことであった。

「ああ、すんまへん」

呼ばれて一夜が十兵衛三厳の顔を見た。

「大丈夫か、顔色が悪いぞ。真っ青ではないか」

十兵衛三厳が一夜の様子にあわてた。

「気分が悪いわけやおまへん。いや、悪いんかな」

一夜が首をかしげた。

「腹を立ててますねん、おのれに」

「おのれに怒っていると申すか」

言った一夜に十兵衛三厳が怪訝(けげん)な顔をした。

「人というのは、際限なく下卑(げび)るもんやと吾が身で知るとは思いまへんでしたわ」

一夜がなんとも言えない表情を浮かべた。

「どういうことぞ」

わからないと十兵衛三厳が訊いた。

「この悲しい状況を見て、わたいがなにを考えたかわかりますか」

「悲惨だと思っただろう」

一夜の質問に十兵衛三厳が答えた。

「たしかにそうでした。問題はその後、なにが頭を支配したか」

「その後……」

「これですわ」

十兵衛三厳が戸惑った。

手を泳がすようにして、一夜が玄関とその周囲を示した。

「……………」

その意味を汲めなかった十兵衛三厳が、より一層困惑を深めた。

「血で汚れた玄関式台、壊された塀、荒らされた庭……これらを直すのにどれだけの金がかかるか……」

一夜が述べた。

「人の死をまず悼むべきなのに、金のことを心配した。金のない柳生家につきあってきたとはいえ、これはあまりに酷い」

泣きそうな顔で一夜が続けた。

「人の心をわたいはどこかに置いてきてしまった」

一夜が肩を落とした。

「それは違うぞ」

十兵衛三厳が一夜の肩に手を置いた。

「人でなしになったなら、そのように悩むことはない。悩めるということは、まだ心があるのよ」

「まだ大丈夫……」

慰められた一夜が顔を上げた。

「大丈夫だ。なにより、吾が許さぬ。弟を鬼にするものをな」

「兄はん……」

十兵衛三厳の発言に一夜の表情が少し明るくなった。

「残りの弟が鬼になったのだ。かならずおまえだけは守ってみせる」

すでに十兵衛三厳は主膳宗冬が、一夜を殺そうとしたことを知っている。

「残りの弟……ほな、これをしたのは」

「そうだ。左門友矩よ」

窺うような一夜に、十兵衛三厳が断言した。

「なぜに家臣たちを……顔見知りの者たちを」

「使者が来たからだろう」

「……使者。公方さまか」

すぐに一夜が理解した。

「公方さまのお指図でもなければ、いかに左門でもここまではせぬ。皆、左門が柳生道場に通っていたころの兄弟子だぞ」

道場における兄弟子は、血の繋がった兄弟とはまた違った意味で格別なものである。それこそ修行のつらさをともにした仲ともなれば、実の兄弟よりも深い情で結ばれる。

「なんのために」

「左門友矩を取り戻すためだ」

家光の考えがわからなかった一夜の嘆きに、十兵衛三厳が感情の籠もらない声で応じた。

「そ、そんなことで」

「公方さまは左門をことのほかご寵愛であった。その左門を父は有無をいわせずに取りあげた。将軍になればなんでも思いどおりになると信じていた公方さまとしては、まさに青天の霹靂であったろう」

　あきれる一夜に十兵衛三厳が告げた。

「将軍はそこまでえらいもんやおまへんやろうに」

「公方さまは、将軍になり損ねた過去があるからな。思い入れも格別に濃いのだ」

　首を左右に振る一夜に、十兵衛三厳が言った。

　嫡男でありながら、危うく弟に三代将軍の座を奪われかけた家光は、その経緯でかなり性格にゆがみが生じている。これくらいのことは、大坂の商人だった一夜でも知っていた。

「やっぱり武士は阿呆や。大本が大馬鹿やさかい当然なんやろうけど」

　武士と言いながら、一夜が左門友矩を非難した。

「で、どないしますねん」

一夜が一件の後始末の方法を十兵衛三厳に問うた。

「このまま左門を放置するわけにはいかぬ。吾が後を追う。なんとしても止めねばならぬ」

十兵衛三厳が告げた。

「あやつを江戸に入れてしまえば、この惨状が公方さまに知られ、柳生家は剣術の家柄にふさわしからずと潰される」

「火を付けえと命令した公方はんと実際に燃やしたのは左門はんでっせ。それが火事になった柳生家を咎めることなんぞできまんのか」

「できるのだ」

一夜の疑問に十兵衛三厳が息を吐いた。

「将軍家剣術指南役という役目が、柳生を殺す。将軍家剣術指南役は天下一の武芸者でなければならぬ。その武芸者が本拠を襲われて壊滅したと天下に知られてみよ。少なくとも当主たる父は切腹して責任を取らねばならぬ」

「当主が腹切れば、家は改易になりますなあ」

一夜が十兵衛三厳の説明に納得した。

切腹は武士にとって最高の責任の取りかただとされている。切腹さえすれば、罪はその身だけで終わり周囲への波及は薄くなるか、なくなるのが慣例であった。

「藩士が全滅しては、とても領地を維持できまい」

しかし、慣例はあくまでも慣例であり、将軍の意思には勝てなかった。

「柳生家を取り潰し、新たに刑部少輔に大和と山城を合わせて四万石を与え、将軍家剣術指南役とする」

家光がそう言えば、誰も逆らえなかった。なにせ、家光の歯止めとなるべき老中たちが、全員その寵童出身で、ご無理ごもっともな者ばかりだからだ。

「ほな左門はんを……」

「斬る」

恐る恐る訊いた一夜に十兵衛三厳が宣言した。

「となると、わたいは死者の弔いと館の修復でんな」

「いや、そちらも吾が手配する。柳生の郷すべてが殺されたわけではない。人手は足りよう」

一夜の確認を十兵衛三厳が否定した。

「そしたら、わたいはなにをしたらよろしいねん」

「江戸の柳生屋敷へことの次第を報告してくれ」

尋ねた一夜に十兵衛三厳が命じた。

「江戸から逃げてきたとこでっせ」

一夜が吃驚した。

柳生家に閉じこめて金勘定と金儲けでこき使おうと企んでいた父柳生但馬守に、一夜は後ろ足で砂をかけてきたばかりである。

その柳生但馬守のもとへ行くなど、とんでもないことであった。

「すまぬとは思うが、そなたしかおらぬのだ。他の者に任せられるほど軽いことではない。まさに柳生家存亡の危機である」

「足は兄はんのほうが速いでっせ」

一夜が先だっても無駄だろうと言った。

「吾が足の代わりをそなたは持っておろうが。金という力を」

「金を遣って江戸へ急げと」

「そうだ。なにより吾は左門友矩を探しながらだ。どうしても江戸へまっすぐは向かえぬ」

「左門はんのほうが先行してまっせ」

ことが起きてからすでに一日以上は経過している。

すでに出遅れていると一夜が危惧した。

「あやつは旅慣れしていない」

左門友矩は家光の供をして京へ行き来をしたことと国元へ何度か戻ってきたくらいしか旅を経験していない。それに対して十兵衛三厳は諸国廻国修行をやっていたのだ。どちらが旅慣れているかなど比べるまでもなかった。

「かならず追いつく」

十兵衛三厳が断言した。

「はあ、しゃあおまへんなあ。兄はんの頼みや。せっかく但馬守から逃げてきたのに」

「心配するな。ことがわかれば、父もそなたにかかわっている余裕はなくなる。ことを報せたら、さっさと大坂へ戻ってしまえ」

盛大に吐息を漏らした一夜の背中を十兵衛三厳が叩いた。

「柳生の庄ではなく、大坂へ帰ってよろしいんか」

一夜が確認を求めた。

「これ以上、柳生にかかわれば抜けられなくなるぞ。今回のことは、うまく抑えなければ当主交代に至ろう。当然、柳生家でも大きな動きが出る。江戸家老の松木も勘定奉行も隠居することになる。そうなったら、誰がその後を継ぐ。当主は吾になるが……」

「げっ」

目を細める十兵衛三厳から一夜が距離を取った。

「勘定奉行でも江戸家老でも国元代官筆頭でも、よりどりみどりだぞ」

「どれも要りまへん」

大声で一夜が拒絶した。

「そうなる前に大坂へ戻れ」

「……兄はん」

十兵衛三厳の気遣いに、一夜が感動した。

「ただできたら吾が当主となって困ったならば、手助けをしてくれればうれしい」

「手助けくらいやったら、喜んで」

兄と呼ぶ十兵衛三厳の願いに、一夜がうなずいた。

江戸へ急ぐとなれば、すぐに発たなければまずい。なにせ山間は日が暮れるのが早い。足下が危なくなっては動くことができなくなる。

しかし、一夜は館を出たところで立ち止まった。

「どうするのが一番早いか」

柳生から江戸へ出るには、どの経路がもっともいいのかを一夜は考えた。

「来た道を戻って伊勢へ出て、そこから船を仕立てて宮、あとは東海道を馬を乗り継ぐのが順当だが、伊賀を通らなければならないのがなあ」

一夜が首を横に振った。

伊賀の動向は難しいところであった。素我部一新のように一夜に同情的な者もいるが、どちらかといえば柳生但馬守側の立場を取っている。

「一人ではどうしようもない」

今回無事に伊賀国を通れたのは、十兵衛三厳が同行してくれたお陰である。さすがに柳生の次期当主を襲うことができなかったのか、あるいは戦っても勝てないと判断したのかはわからないが、気配だけですんでいた。

「伊賀越えはなしやな」

本能寺の変のとき、堺に取り残された徳川家康が、本貫地三河へ抜けるのに伊賀越えを選んだというのは有名な話であった。

「一説では同行していた茶屋四郎次郎という京都の商人が、金で伊賀者を買収したというけどなあ。それをまねる勇気はないわ。それこそ金だけやなく命まで取られかねへん」

一夜は最短の道をあきらめた。

「残るは南に向かって紀州から伊勢へ出るか、北へ向かって京から東海道を走るか、あるいは奈良を経由して大坂、船を仕立てて江戸まで急ぐか」

三つの方法を一夜は考えた。

「紀州までは山続きになるなあ。わたいの足が保たんわ」

柳生から紀州まではかなりの山道になる。

「京には知り合いも多い」

一夜の祖父淡海屋七右衛門は唐物、要するに渡来の茶道具などを扱う商人である。当然、大坂だけでなく京にも顧客は多かった。

「問題はそこからずっと陸路になることや」

京から江戸までとなると百二十里余り（約五百キロメートル）ある。

「馬を乗り継いでも五日から七日はかかる。なにより箱根の関所がなあ」

武士であれば藩とおのれの名前、どこへ行くかを申告すれば通れる。だが、今の一夜は武家姿を止めて、商人風になっている。そうなると通行するための手形が要った。

「手形は自分で書けばええけど……」

柳生家から身分を保証してもらう手形を発行するのは容易であった。もう一度館に入って、紙に自署して藩の印形を押せばすむ。

「ただ刻限が……」

箱根関所は明け六つ（午前六時ごろ）から暮れ六つ（午後六時ごろ）までしか開いておらず、それ以外は公用でなければ通過できなかった。

「下手すれば一日潰れる」

一夜が悩んだ。

「やっぱり、大坂からの船しかないか」

大坂は一夜の、淡海屋の本拠地である。人脈は十二分にあった。

「十二丁艪の小早を仕立てれば、江戸まで十日はかからんやろ。西宮からの樽廻船で十五日ほどやという。漕ぎ手を増やして昼夜漕ぎ続けさせたら七日で行けるかも知れん。金は嫌ほどかかるけどな」

一夜が決断した。

「今日中に生駒山の麓まで行っておきたい。馬を借りるで、兄はん」

柳生家に連れこまれて以来、形だけでも剣術と馬の乗りかたを修練させられた。それがここで役に立った。

館の隣にある厩からおとなしそうなのを選んで、一夜が跨がった。

「頼むで、言うこと聞いてや」

馬に乗れるようになったとはいえ、疾走できるほどではない。人が走るより少し速いくらいの速度で一夜は大坂を目指した。

とはいえ、馬で生駒山を越えるのは至難の業であった。

「鞍返り峠ちゅうのはほんまや」

生駒山を越える峠は、暗峠と呼ばれているが、それは馬で越えるには急すぎて鞍がひっくり返るからというのが本当の意味だとも言われていた。

「きついなあ」

途中で一夜は馬から降りて手綱を引いた。

「あかん、暗うなってもうたわ」

峠で日が落ちた。

「明日やな、大坂入りは」

一夜は峠にある茶屋に金を払って、一晩の宿とした。

第二章　急ぎ旅

一

伊賀の郷も騒ぎになっていた。

「左門さまが乱心なされただと」

下山甲斐（しもやまかい）が驚愕（きょうがく）の声をあげた。

「今、鷹便（たかびん）が届きましてございまする」

配下の伊賀者が告げた。

鷹便は大型の猛禽（もうきん）類を調教して、手紙やちょっとした物品を運ばせるものだ。疾（はや）さでいけば隼（はやぶさ）のほうが勝るが、身体が小さすぎて小さく丸めた手紙くらいしか運べないうえ、途中で鷹などに捕食されてしまう可能性があるため、小型猛禽類はほとんど使われなかった。

「寄こせ」

鷹便で運ばれた手紙を下山甲斐が求めた。

下山家も伊賀では名門であった。ただ、服部(はっとり)、百地(ももち)、藤林(ふじばやし)に比べるとその支配地は狭く、配下の数も少ない。それでも伊賀者の需要が多かった戦国では、それなりの勢力を誇っていたが、徳川家康が天下を平定してからは、忍(しのび)の仕事が激減したうえ、幕府の伊賀者として採用されなかったこともあり衰退の一途を辿(たど)っていた。

「雇ってくれよう」

そこに付けこんだのが、柳生宗矩であった。

柳生宗矩は大名を始めとする徳川幕府へ、あるいは柳生家へ敵対する者の始末に、伊賀者の力を欲していたのである。

「隠し扶持をいただけるならば」

背に腹は代えられぬ。下山甲斐は柳生家からの密(ひそ)かな援助を代償として、その提案を呑んだ。

ゆえに柳生家の束縛から逃げ出した一夜を狙ったが、同行していた十兵衛三厳によって防がれていた。

「どう言いわけをすべきか」

しくじったことを柳生宗矩に報せなければならないが、どれほどの怒りを買うかがわからない。場合によっては隠し扶持が減らされる、いや、なくされることもある。

そう悩んでいた下山甲斐のもとに、左門友矩が柳生家の家臣を壊滅させたという報告が飛びこんできた。

「これだ」

他人にはなんのことやらわからない忍文字で書かれた手紙を読んだ下山甲斐の表情が明るくなった。

「これを知れば、但馬守さまも我らの失策など気にされまい」

下山甲斐が歓喜した。

「できるだけ早く江戸へ報せをしなければならぬが、これだけでは詳細がわからぬ。なにより左門友矩さまがどこへ行かれたかがわからぬでは、軽すぎる。報せだけなら子供でもできると、役立たずがとお叱り(しか)を受けよう」

「いかがいたせば……」

報せを持ってきた配下が、下山甲斐に指示を求めた。

「何人出せる」

先日十兵衛三厳と戦って、かなりの配下を失っている。

下山甲斐が遣える者の数を問うた。

「四人なら」

配下が答えた。

「……四人だと。それですべてか」

「あとはまだ修行中か、隠居した者になりまする」

驚いた下山甲斐に配下が現役はそれだけだと伝えた。

「少なすぎる。組ませれば二つしかできぬ」

下山甲斐が首を左右に振った。

「…………」

いくら言われても増えることはない。十兵衛三厳との戦いは、下山一族を滅びる寸前まで追いこんでいた。

「隠居はどれだけいる」

「四十路が三人、五十路が二人で」

問われた配下が答えた。

「五人……か。よかろう」

下山甲斐が一人で納得した。

「若い者はこれから未来に要るゆえ出せぬ」

「………」

まるで隠居は使い捨てていいと言っているに等しい下山甲斐に、配下が黙った。

「隠居を組みこんで、左門さまを探せ」

「どこへ出せば」

隠居を入れたところで九人、四組しかできない。配下が捜索範囲を絞ってくれと要求したのも無理はなかった。

「一組は伊賀から伊勢、船で宮へ。次は柳生から京、そこから東海道を下る道。三つ目は紀州を経て伊勢へ向かう道筋。最後は柳生の郷周辺に潜んでいないかどうかを確認せよ」

下山甲斐が命じた。

「残った一人の隠居は、大坂へ向かわせろ」

「一人で大坂でございまするか」

「鷹を連れていけばいい。連絡は取れるだろう。といっても大坂はまずあるまいが、念のためだ」

首をかしげた配下に下山甲斐が説明した。

「承知。ただちに」

下知が出たならば、すぐに動く。これは忍だけでなく、武士にも通じることであった。

配下が一礼して出ていった。

「さすがに左門さまを討つことはできまいが……捕まえることができれば、この功はすべての失策を消し去って余りある。藩士が壊滅したというならば、儂が柳生の重臣として数百石をいただけるという望みも……」

下山甲斐が夢を独りごちた。

「……待て。釘を刺しておかねばならぬぞ。決して左門さまを殺してはならぬと。左門さまを死なせても但馬守さまは表だってお怒りにならず、お褒めくださるだろうが……吾が子を殺されて喜ぶ親はない。藩士取り立てどころか、隠し扶持をゆっくりと減らされるやも知れぬ」

あわてて下山甲斐が、配下の後を追った。

暗峠は山肌に張り付くような狭く曲がりくねった急坂が続く。

「箱根のほうが険しいけど、道幅が広いだけましかも知れん」

馬の手綱を牽きながら一夜が呟いた。

「登りより下りというけど、膝に来るなあ」

一夜が愚痴を漏らしながら峠を越えた。

「半日はかからなんだか。生駒山が二百丈（約六百メートル）ちょっとで助かったわ」

下りきったところで一夜が息を吐いた。

「ちょっと喉湿そうか」

麓の茶屋を見つけた一夜が手綱を近くの木の枝にかけて馬を繋ぎ、式台に腰掛けた。

「おいでやす」

すぐに店の親爺（おやじ）が応対に出てきた。

「茶となんぞ団子でもあれば一皿。あと、馬に水をやってくれるか。そのぶんは別に払うでな」

「へい」

親爺が奥へと引っこんだ。

「お待っとおさんで」

すぐに親爺が薄い茶と糯米（もちごめ）をこねた団子を持ってきた。

「おおきに。もらうわ」

一夜が受け取って、すぐに団子を口にした。

「……ぼそぼそやな。昨日の、いや一昨日（おととい）の売れ残りか」

口のなかで一夜が文句を言った。

「うぐっ」

茶でまずい団子を流しこんだ一夜が、馬に水をやっている親爺へ声をかけた。

「なあ、ここ二日ほどの間に、見たこともないような男前の侍は通らなんだか」

「男前……お客はん以外ではおまへんなあ」

親爺が一夜を褒めつつ、見ていないと答えた。

「そうかあ。来てないか」

一夜が残っていた茶を干した。

「こんだけ置いとくわ。ご馳走はん」

「こりゃあ、ずいぶんと」

置かれた豆板銀に茶屋の親爺が驚いた。茶と団子、馬の水を合わせても三十文もからない。そこに一匁はありそうな豆板銀、およそ倍の六十文以上を出したのだ。

「馬の世話も頼んだからな。とっときや」

手を振って、一夜は馬に跨がった。

「こっちには左門も来てへんみたいやしな」

茶屋での確認をした一夜は、馬を走らせた。

生駒から大坂は近い。道の曲がりくねりを考慮しても三里半（約十四キロメートル）くらいである。駆けずとも馬ならば、半刻（約一時間）ほどで着く。

「ただいま」

懐かしの生家の前で一夜が馬を降りた。

「その声は……若旦那はん」

番頭が飛び出してきた。

「元気そうやなあ」

「若旦那はずいぶんと顔つきが変わらはりましたなあ」

笑顔で応じた一夜に、番頭が感嘆した。

「いろいろあったさかいな。お爺はんは」

「奥におられまっせ」

「そうかあ。ああ、悪い、この馬頼むわ」

一夜が淡海屋七右衛門の在宅を問い、番頭が首肯した。

「馬……どないしはりましてん」

番頭が困惑した。

「盗んだわけやないで。柳生の馬や。ここまで運んできてくれたさかいな。労ったって」

「馬の扱いなんぞ知りまへんで」

「その辺の武家に訊き」

悲鳴をあげる番頭を残して、一夜が店のなかへと入った。

「えっ……一夜さま」

「……須乃はんかあ。来てくれてたんやな」

驚いて腰を浮かせた信濃屋三姉妹の真んなか須乃に、一夜が笑顔を見せた。

一夜は十兵衛三厳から、信濃屋の長女永和と次女須乃が淡海屋へ手伝いに来てくれていることを聞いていた。

「姉とはお会いになり……はられなんだ」

須乃が途中で気づいた。

「えっ」

意味がわからず一夜が戸惑った。

「姉が江戸から来られた素我部佐夜はんというお方と二人で、江戸へ」

「あちゃあ、入れ違いかあ」

言われて一夜が頬をゆがめた。

「入れ違い……」

「逃げ出してきてん。もう我慢でけへんとな」

怪訝な顔をした須乃に、一夜が述べた。

「店先でなんの話をしてるんや」

奥から淡海屋七右衛門が出てきて、二人をたしなめた。

「すんまへん」

「お爺はんやあ」

叱られた須乃が詫び、一夜が歓喜の声を出した。

「しゃあない子やなあ」

淡海屋七右衛門の表情も崩れた。

「元気やったか」

「見てのとおりじゃ」

気遣う一夜に淡海屋七右衛門が胸を張った。

「よかったああ」

ほっと一夜が安堵した。

「ちらと聞こえたが、逃げ出してきたとか」

「飼い殺しにされそうになったんや。その前は何度も殺されかかったし」

訊いた淡海屋七右衛門へ一夜が軽く言った。

「殺されかかった……やと」

「そんな……」

淡海屋七右衛門と須乃が絶句した。

「柳生も一枚岩やないさかいな。わたいを生きてる算盤として閉じこめてしまえという但馬守、それに対して卑しい商人(あきんど)め邪魔やと反発する主膳という馬鹿弟がなあ」

一夜が嘆息した。

「………」

「なんということを」

無言で淡海屋七右衛門が、嫌悪を露(あら)わにした須乃が柳生家を非難した。

「ああ、十兵衛はんは別やで。ずいぶんと気を遣ってくれたし、あの人が同行してくれへんかったら、わたいは生きてへん」

あわてて一夜が十兵衛三厳は別だと弁護した。

「そうか。十兵衛さまはな」

淡海屋七右衛門がうなずいた。

「で、逃げてきたということは、もう江戸には行かへんねんな」

「それやねんけどなあ」

たしかめる淡海屋七右衛門に、一夜が言いにくそうにした。

「どうした」

「じつは……」

先を促した淡海屋七右衛門に一夜が経緯（いきさつ）を語った。

「…………」

淡海屋七右衛門も須乃も言葉を失った。

「ということでなあ。十兵衛はんから頼まれたんや。急いで江戸へ行かなあかん。命の恩人の願いでもあるけど、なによりわたいが十兵衛兄はんの力になりたいねん」

一夜が想（おも）いを語った。

「もちろん、これが最後や。もう二度と柳生家とはかかわらん。ああ、江戸には行くけど」

「駿河屋（するがや）はんか」

告げた一夜に、淡海屋七右衛門が応じた。

「これからは江戸が大きな商いの舞台になる。そこに淡海屋の名前がないなんぞ、許されへん」

一夜が強く言った。

「今後のこともある。お爺はん、行かせてえな」

深々と一夜が頭を下げた。

「……ほんまは行かしとうないけどな、商人が商機を捨てるようでは将来がない。ええやろ。ただし、一つだけ条件がある。どんなことをしてもええ、無事に帰ってくるんやで」

「わかってる」

淡海屋七右衛門の苦渋を一夜が飲みこんだ。

二

大坂は水の街でもある。

かつて豊臣秀吉が大坂に城を築いたとき、もとからあった川の流れを中心に堀代わりにするための水路を開拓したおかげで道頓堀からでも直接海まで出られた。

「船はうちが」

味噌（みそ）問屋として上方（かみがた）で指折りの大店（おおだな）の信濃屋は、江戸や博多（はかた）などと取引をしている。当然、廻船をおこなう者たちとの交流は深い。

信濃屋の次女須乃が手配を任せてくれと言った。

「助かります」

一夜が腰を折った。

「貸しですよ」

須乃がほほえんだ。

「高うつきそうやなあ」

「別段、お金で返していただくつもりはないですよ」

わざと嘆息して見せた一夜に、須乃があざとく小首をかしげた。

「条件は一つだけですし」

「なんですやろ、条件というのは」

一夜が問うた。

「簡単ですよ。条件は一つ、うちら三姉妹のうちから選んでくだされば、よいだけですよ」

「そんなんでよろしいんか」

微笑んだ須乃に、一夜が確認した。

「えっ」

須乃が一瞬、一夜の答えに戸惑った。

「最初からそのつもりでしたよって」

「あの佐夜はんとか、江戸の駿河屋さまの娘さんとかは」

あっさりと告げた一夜に須乃が訊いた。

「知り合いでしかおまへんな。裏に事情がありすぎて、とても安心して隣で寝てられまへんわ」

「隣で寝る……」

苦笑しながら発した一夜の言葉に、須乃が赤くなった。

「……そういう意味やないねんけど」

一夜も照れた。

「若い者二人で、なにをしておる」

淡海屋七右衛門があきれた。

「……船を仕立てる金はあるんか」

落ち着いたのを見計らって、淡海屋七右衛門が一夜に尋ねた。

「それくらいやったらあるで」

一夜が懐から財布を引きずり出した。

「柳生家からもろうてきた」

「もろうてきた……黙ってやろ」

告げた一夜に淡海屋七右衛門が嘆息した。

「大丈夫や、十兵衛はんの許可はある」

そもそも依頼が十兵衛三厳から出されている。経費は柳生家持ちでまちがってはいない。

「それならええ」

孫が盗人扱いされるのは見過ごせないと淡海屋七右衛門がうなずいた。

「ほな、お爺はん。いってくるわ」

「気いつけえや」

　そこまでお遣いに出るような軽さで一夜が言い、淡海屋七右衛門も手を上げて応じた。

「ほな、ご案内を」

　実家まで付き添う須乃が先に立った。

　金の話は先にするべきであった。

「江戸まで休みなしで、交代漕ぎ手付きで一つ頼むわ」

「お頼み申します」

　廻船問屋で一夜と須乃が主（あるじ）に頭を下げつつ話を始めた。

「なかんはんのお頼みでっか。無下にはでけまへんなあ」

　上方では姉妹の姉のほうをいとはん、妹のほうをこいはんと呼んだ。このとき三姉妹の次女はなかんはんと称された。

「淡海屋はんのとこの若旦那はんですな」

「はい」

たしかめた廻船問屋の主へ一夜がうなずいた。

「武家はんになったとか」

「違いまっせ。武家にはなりまへん。わたいは商人でっさかい」

噂を持ち出した廻船問屋の主に、一夜が首を横に振った。

「……四十両もらいまひょ」

「結構で」

一夜が懐から金を出した。

「値切らはらへんので」

ちらと金に目をやった廻船問屋の主が一夜を見た。

「値引いてくれはったと見ましたけど」

試されたとわかっている一夜が苦笑いを浮かべた。

「さすがでんな。淡海屋はんが自慢しはるだけのことはある」

「もし、値切っていたら……」

「人を遣うという価値がわからん阿呆ということで、今、船に空きはないとお断りしましたやろ」

「参りました」

一夜が廻船問屋の主に一礼して、小判を十枚足した。

「船頭はんと漕ぎ手衆へ、酒代で」

「勘所を知ってはりますな」

金へ手を伸ばした廻船問屋の主が、半分の五両を返してきた。

「多すぎますよ。こんなに呑ませたら、船が琉球へ行きかねまへん」

「そら困ります」

廻船問屋の主と一夜が笑い合った。

「はあぁ」

その様子を側で見ていた須乃が吐息を漏らした。

柳生左門友矩は、江戸へ向かうことなく郷近くの山林に身を潜めていた。

「公方さまのご命は柳生の壊滅」

国元にいた藩士たちのほとんどを仕留めたが、それで終わりではなかった。国元の藩士のなかには当日大坂へ出張していた者、領土内の見廻りに出ていた者など、偶然ながら助かった者も少ないがいた。

「なにより、兄が生きている」

左門友矩が目つきを鋭いものにした。

剣の才能に恵まれた十兵衛三厳と左門友矩ではあったが、その力量にははっきりとした差があった。

十兵衛三厳は天性と努力の剣、そして左門友矩は生まれながらにして剣の天才であった。

「左門友矩が上」

かつて十兵衛三厳は一夜に、兄弟二人の実力について語った。

「兄一人ならば勝てる」

左門友矩が最初に藩士たちを屠ったのは、十兵衛三厳が国元にいなかったというのもあったが、なにより一対一に持ちこむためであった。

それだけ二人の差は紙一重に近い。

「強くなっている」

一夜を試そうとした左門友矩は、そのときに同席していた十兵衛三厳の実力がかなり変わっていることに気づいていた。

「諸国廻国修行……」

十兵衛三厳が、家光の小姓を辞めてまで求めた剣の真髄。それを左門友矩は警戒していた。

「一夜もいる」

左門友矩は一夜に柳生の血が流れていることを確認していた。

剣の修行などしたことはない一夜が、左門友矩の一撃をかわして見せた。

そう、一夜には、剣術遣いにとって必須でありながら得がたい才能とされる見、目があった。

「敵ではない」

もちろん、戦えば左門友矩の勝ちで終わる。それも瞬殺である。

「だが、兄と組めば……」

一夜は左門友矩の動きを予測できた。

不意打ちが通じないのだ。

その一夜が十兵衛三厳とともにいれば、左門友矩の有利は覆りかねなかった。

「一日も早く、一刻でも早く、公方さまの腕のなかへ戻りたい」

左門友矩はじりじりとしながらも、じっと息を潜めていた。

「江戸へ向かってはおるまいよ」

腕のいい狩人(かりゅうど)は、獲物の習性をよく知る。

十兵衛三厳は左門友矩のことを知り尽くしていた。

「あれで浮き立つように、一直線に江戸へ向かってくれていれば楽だったのだが……」

いくら将軍家光であろうとも、藩士を斬殺した左門友矩を素知らぬ顔で側近に取り立てることはできない。病気療養をさせたのは父である柳生但馬守なのだ。少なくとも一度は柳生但馬守と対面させなければならなかった。

親子の対面だからといって二人きり、あるいは将軍家光だけの立ち会いですむものではなかった。最低でも旗本を管轄する若年寄、家光の補佐をする老中の同席はある。

「藩士を殺したな」

そこで柳生但馬守が左門友矩を糾弾すれば、家光でもかばいきれなくなる。

「父に左門友矩を許させるには、柳生家の存亡を天秤に載せなければならぬ」

柳生家は豊臣秀吉による検地で隠し田を暴かれ、その罪で潰されていた。

柳生の者全員が牢人となり、陣場借りをするなど苦労をした。

「配下に加えていただきたく……」

それを柳生但馬守宗矩が関ヶ原で徳川家康に付いたことで父祖の地を取り返し、功績を重ねて今の繁栄を勝ち取った。

「失うわけにはいかぬ」

まさに一所懸命、柳生宗矩にとって領地はなによりも大事であった。

「我らの命よりも」

まちがいなく柳生宗矩は、十兵衛三厳たち子供を領地より大切にすることはない。

もし、十兵衛三厳、主膳宗冬がこの世からいなくなれば、柳生宗矩は手のひらを返すようにして左門友矩を嫡男とする。

「世継ぎなしは改易」

惣目付をしてきた柳生宗矩は、この徳川家康が定めた法度を厳守させてきた。

「将軍家剣術指南役を務める当家だけは別である」

そう考えるほど柳生宗矩は脳天気ではない。

「主膳はいつでも倒せる。あやつの剣に想いはない」

十兵衛三厳は主膳宗冬の剣を形だけのものであるとして認めていなかった。

「ならば、吾が単独となる今を逃すはずがない」

表情を固めて、十兵衛三厳が唇を嚙んだ。

三

柳生宗矩は家光からの表沙汰にできない指図を完遂すべく、最後の指示を出した。

「会津藩加藤家に内紛を起こさせよ」

「はっ」

すでに会津の城下には、柳生家の忍が入りこんでいた。

「躬が手より左門を奪ったことを不問としてくれる」

家光は唯一家督争いをせず血縁として愛しく思っている保科肥後守正之を藩主とすべく、柳生宗矩に現藩主加藤式部少輔明成を追い落とさせようとしていた。

「承知仕りましてございまする」

左門友矩を遠ざけたのはたしかであり、寵愛している家臣を取りあげられた家光が激怒しているのはわかっている。それでも柳生家、いや柳生宗矩に表立った咎めがないのは、左門友矩への気遣いでしかない。とはいえ、家光の腹の虫が治まったわけではなかった。

柳生宗矩は少しでも家光の怒りを和らげるために、会津藩加藤家への謀略をしかけざるを得なかった。

「藩主と家老の間に溝がある」

現藩主加藤式部少輔明成は、二代目であった。豊臣秀吉の馬廻りから出世して、徳川家への鞍替えを成功させた父加藤嘉明に比べると、苦労はしていないし、素質も甘い。

一方、加藤嘉明の出世を支えた国家老堀主水は、大坂の陣で敵と組み合いながら堀へ転落、それでも相手を討ち取ったほどの剛の者である。

「先代さまは武勇で鳴らされた」

「時代が変わった。武ではなく文こそ重要」

　戦国が終わり泰平になるという転換に付いていけない過去に囚（とら）われた者と新機軸に乗ることこそ重要で過去は意味がないと嘯く若者の間の溝は、どこの大名家でも起こるもめ事の原因であった。

　ただ、会津藩加藤家のそれは、いささか大きなものであった。

「それを突く」

　功臣と二代目のすれ違いこそ、柳生宗矩の狙い目であった。

「なにをするか」

　柳生宗矩の煽（あお）りを受けて、加藤家の藩士と堀主水の家臣たちの間でもめ事が起こった。実際は柳生宗矩の手の者による策略であったが、これに加藤明成はまんまとはまってしまった。

「堀側が悪い」

　双方の意見を聞かず加藤明成は、当事者である堀主水の家臣を処断した。

「監督不行き届きである」

　さらに堀主水を謹慎させた。

「堀主水は悪くないという噂を城下に流せ」

柳生宗矩は最後の仕上げにかかった。

そんな柳生宗矩の動きを家光はしっかりと把握していた。

「さようであるか」

幕府伊賀者の報告を受けた家光が満足げにうなずいた。

柳生家に奉公している伊賀者が、幕府伊賀者と通じていたのだ。

もともと伊賀者の結束は固い。一応、伊賀の国のなかにあるときは、服部、百地、藤林などに分かれ、それぞれに勢力を競っているが、外に対しては一枚岩になる。そうでなければ米も穫れない、畑も少ない、十分な人口を支えることもできない伊賀は、たちまち隣国の侵略を受ける。

事実、伊賀は織田家によって二度も侵略されている。まさに天下人に手が届く昇る朝日の勢いを誇った織田家との戦いは、どう考えても伊賀の負けであった。

それを一度とはいえ、跳ね返したのは伊賀者が一枚岩となって、地の利を利用して奮戦したからであった。

だが、二度目は伊賀者のなかから織田方に与する者が出て、根切りとまではいかなかったが、大きな敗北を喫した。

これも経験となり、伊賀者はしっかりと結びついている。

雇い主が違っても、情報の共有は当たり前のこととしておこなわれていた。

「但馬守も必死だの」

「のようでございまする」

同席していた松平伊豆守信綱が首肯した。

「これで但馬守は会津にかかりきりになるだろう。とても国元のことまで気にする余裕などなかろうな」

「はい」

家光の考えに松平伊豆守が同意した。

「柳生を根絶やしにして、左門に継がせる。四万石にふさわしい領地を選んでおけ」

「公方さま、そのとき柳生の庄はいかがいたしましょう」

指図した家光に松平伊豆守が訊いた。

「柳生は貧しい土地であったな」

「表高一万石ではございますが、実高は六千石もございますまい」

確認した家光に松平伊豆守が答えた。

「少ないの。とても左門には似つかわしくないが……本貫地であるゆえ、欲しがるであろうな」

「おそらくは」

松平伊豆守が首を縦に振った。

武士にとって発祥の地ともいうべき本貫地は格別なものであった。とくに地名から名字を取った家にとって、本貫地はなにものにも代えられない大切な土地であった。

「柳生の庄だけ与えてはいかがでしょうか。あそこは表高三千石、実高二千石ほどとさほどの差はございませぬし」

「それでも千石の損ではないか」

松平伊豆守の案に家光が不満を見せた。

「他で補ってやればよろしゅうございましょう。柳生の庄を飛び地として、大和の郡山を与えられては。郡山は田畑を多く抱えるだけではなく、大坂、京への街道が通っており、すでに城下町として栄えておりまする」

「郡山か……ふむ」

寵臣の提案に家光が思案に入った。

大和郡山は戦国大名筒井順慶が居城を置き、開発したことに始まる。その後、豊臣秀吉の弟秀長が封じられたことで百万石にふさわしい城下へと発展したが、関ヶ原の合戦で豊臣家が敗退すると放置されて荒廃してしまった。それを再開発したのが、徳川家康の生母於大の方の弟水野忠重の息子勝成であった。その後、家康の孫松平忠明、徳川四天王本多忠勝の孫本多政勝と城主は代わっているが、その顔ぶれから見てもわかるように、西国への抑えである大坂城の後詰めとして大和郡山は重要な地であった。

また寺社勢力の強い大和の国のなかで、郡山はその発展の過程から武家の勢力が深く浸透しており、治めやすい土地でもあった。

「大和郡山は何万石じゃ」

「公方さまのお考えどおりの石高でご用意できまするが、基本は五万石ていどかと」

「五万石か……ちょうどよいの。柳生と合わせれば六万石に少し届かぬていど。これならば、御三家どももあまり文句は言うまい」

堀田加賀守の発言に家光が膝を手で打った。

御三家とは徳川家康の子で九男の義直を祖とする尾張家、十男頼宣が封じられた紀州家、そして十一男頼房の水戸家のことだ。

十一人いる徳川家康の息子のなかで、徳川の姓を許された格別な分家であり、本家である将軍家に跡継ぎがないときは、御三家から出すようにと定められた家柄であった。

当然、幕府に対しても大きな発言力を持っており、家光の行動にも意見が言える。

「少し、寵愛が過ぎるのではございませぬか」

実際、家光が堀田加賀守、松平伊豆守らを引きあげて、老中にしたときには諫言してきた。

そこへまた新たな寵愛で十万石の大名を新設するとなれば、御三家は黙ってはいない。もちろん、加増も減封も将軍の意思で可能なのだが、それでも強行するのは好ましくはなかった。

「分不相応な」

「我らの前に顔を出せる身分ではない」

「なぜ、そちごときの言葉を聞かねばならぬ」

家光へは苦情を言うくらいしかできないが、御三家も左門友矩にならば強く出られる。

　領地を大和の郡山にした場合、紀州家と隣接するだけでなく、参勤交代のおりには尾張家の領土を通過せざるを得なくなるのだ。

　その両方から憎まれれば、まともに大名としてやっていけるはずはなかった。

「後々、引きあげはできるしの」

　家光が満足そうにうなずいた。

　大坂を出た船は、紀伊半島を廻って伊勢湾に出ると、絶えず左側に陸地を見るようにしながら、東下した。

「帆を張れ」

　追い風を捕まえると、船頭が帆を張らせる。

「たため」

　向かい風になると帆を下ろし、

「漕(こ)げよ。酒手はもらっている。江戸に着けば、品川(しながわ)女郎を二日でも三日でも抱けるだけの金をな」

「そいつぁ、楽しみやで」

「腰抜けるほど遊ぶわ」

船頭の鼓舞に水主たちが歓喜した。

「その前に尻の皮がむけるくらい漕げや」

「任せとき」

「少しでも早う品川へいくで」

働けと指図した船頭に、水主たちが櫂を漕ぎ始めた。

「速い……」

船の速度に一夜が驚いた。

「潮の流れが、伊勢から駿河へと向かってますねん。その潮の流れに乗ってしまえば、普通に漕ぐ倍の速さになるんですわ」

船頭が説明してくれた。

「日が暮れそうやな。ここまでにするで」

「へい」

少し日が陰ったところで、船頭が漕ぎ手を休ませた。

「夜に無理をすると、思わぬ事故を呼びまんねん。暗礁という海に隠れた岩にぶつかれば、船が沈みますよってに」

一夜の急く気持ちをなだめるためか船頭が理由を語った。

「……海の上では任せてますわ」

大きく息を吸って、焦る心を抑えてから一夜がうなずいた。

風があれば帆、なければ櫂という船の旅は、五日で品川を目視できるところまで来た。

「明日の朝には、小舟を下ろしまっさ」

「すんまへん」

ずっと緊張を続けてきた船頭や水主は疲れ果てている。一夜も無理は言えなかった。

そして翌日の夜明けに、一夜は品川に上陸した。

「おおきに。お世話さんでした」

一夜は送ってくれた船頭と水主に一礼して、東海道を江戸へ向かった。

品川から江戸は近い。昼前には、一夜は駿河屋の前に着いた。

「ご免やで」

「これは淡海さま」

暖簾を潜った一夜に駿河屋の番頭が気づいた。

「駿河屋はんは、いてはりますか」

「少しお待ちを。報せて参ります」

番頭が一夜にそう述べて、店の奥へと入っていった。

「相変わらず、できたお店やな」

一夜が感心した。

いかに顔見知りとはいえ、いきなり主のもとへ客を案内するのはまずかった。顔を合わせてはまずい他の客と会談しているかもしれないし、店の帳面付けなど他人に見られたくないものを扱っている可能性もあるからだ。

「……お待たせをいたしました。どうぞ、奥へ」

すぐに番頭が戻ってきて、主の許可が出たことを一夜に伝えた。

「お手数でした。おおきに」

礼を述べて、一夜は駿河屋の奥へと歩を進めた。

駿河屋総衛門（そうえもん）は、居室の襖（ふすま）を開いて一夜を待っていた。

「お邪魔を」

「なぜ江戸へ、今一度お出（い）でに」

廊下で膝を突いた一夜に、駿河屋総衛門がいきなり問うた。

「やむを得ん理由ができましてん」

「それくらいはわかりまする。その理由をお聞かせ願いたい」

言いわけをする一夜に、駿河屋総衛門が強く願った。

「詳細は柳生家の存続にかかわりますよって、ご勘弁を。ただ、十兵衛の兄はんに頼まれたんですわ」

一夜が左門友矩のことを伏せて話した。

「十兵衛さまの……」

一瞬、駿河屋総衛門の目が光った。

「詳しくは聞きますまい」

「助かります」

飲みこんでくれた駿河屋総衛門に、一夜が頭を下げた。

「当家にお顔を出してくださったことには感謝しますよ」

「義理を欠くわけにはいきまへん」

そう言った駿河屋総衛門に、一夜が真顔になった。

「なにかございますな」

その変化に駿河屋総衛門が気づいた。

「今から柳生家の屋敷へ行かなあきまへんねん」

「な、なにをっ」

一夜の言葉に駿河屋総衛門が驚愕(きょうがく)した。

「淡海さま、あなたが柳生家に行くなど、飢えた狼(おおかみ)の口のなかに入るようなものでございますよ」

「わかってますわ。でもそうせなあきまへん。柳生家が潰れます」

止める駿河屋総衛門に、一夜が首を横に振った。

「潰れても、淡海さまにはかかわりないではございませんか」

「十兵衛兄はんが困りますやろ」

冷たく述べた駿河屋総衛門に一夜が答えた。

「……それは」

駿河屋総衛門は十兵衛三厳と話をしたことはなかった。柳生宗矩、主膳宗冬を蛇蝎のように嫌う一夜が、十兵衛三厳に気を許しているということに興味を見せた。

「命を救ってもらいましたしな。なにより、大坂へ帰れと勧めてくれましたし」

「淡海さまの価値を知っていて、手放そうとなさる」

「武家は似合わんと」

目を大きくした駿河屋総衛門に、一夜が笑った。

「お見事なお方のようでございますな」

駿河屋総衛門も感心した。

「で、わたくしはなにをいたせば」

話をもとへと駿河屋総衛門が戻した。

「わたいが柳生屋敷に向かったということを承知していただきたいだけで」

「柳生屋敷へ……なるほど、捕らえられたときの用心ですか」

すぐに駿河屋総衛門が理解した。

「すんまへんが、他にお願いできるお方がなくて。ご恩を貸していただきたく」

真顔で一夜が願った。

「わかりましてございまする。淡海さまとのお付き合いは今後も続けさせていただきたく思っておりましたので、お引き受けいたしましょう」

「助かります」

一夜が頭を垂れた。

「ただ、わたくしだけでは柳生さまに勝てませぬ」

いくら大店で幕府お出入りとはいえ、駿河屋総衛門は商人でしかない。武士、それも将軍家剣術指南役で大名の柳生とでは、差が大きすぎた。

「手間と暇をかけてよいのならば、柳生家を潰すくらいはできますが、今日明日ではさすがに無理」

「わかってます」

一夜にしても万一のとき、少しでも助けになればと考えてのことでしかなかった。

「無策で行くよりは、はるかにましやと」

「そこでですな」

他に手立てがないと首を左右に振った一夜に、駿河屋総衛門がほほえんだ。

「堀田加賀守さまにもお名前を貸していただけるよう、お願いいたしましょう」

「……御老中さまに」

今度は一夜が驚いた。

「幸い、堀田さまへのお出入りを許されましたので。これも淡海さまのお陰ですが」

駿河屋総衛門が一夜へ軽く頭を下げた。

「それに加賀守さまも、柳生さまのことをお厭いなされているようにお見受けいたしましたゆえ、お力を貸してくださいましょう」

「たしかに柳生を困らせようとなさいましたなあ」

柳生但馬守が大名昇進のお披露目をする祝宴に必須の祝鯛の用意を、堀田加賀守が手を回して邪魔をしたことがあった。幸い、宴の準備を担当していた一夜の機転で柳生家は恥を掻かずにすんだ。もっともこれがきっかけとなって堀田加賀守との面識を得られたので、一夜にとっては利となっている。

「よろしいかな」

「お願いをいたしまする」

確認した駿河屋総衛門に、一夜が感謝した。

「では、淡海さま。わたくしはこれで」

「おおきに。それと淡海さまというのは、勘弁してください。駿河屋はんにさま付けしてもらうほどやおまへんし、なにより武士は辞めました。是非一夜とお呼び捨てください」

腰をあげかけた駿河屋総衛門に、一夜が頼んだ。

「はい。一夜さまと」

「さまは要りまへん」

「まだお客さまですからな、一夜さまは。婿に来てくださるなら、呼び捨てにしますよ」

敬称は付けないで欲しいと言った一夜に、駿河屋総衛門が獲物を狙う目をした。

四

一夜は駿河屋総衛門と別れて、その足で柳生家上屋敷へと向かった。

「まいどどうも」

「……お、おのれはっ」

　気さくに声をかけた一夜に、門番が絶句した。

「知っててくれてよかったわ。わたいの顔を知らんかったら、一から説明せんならんところやった」

「な、なっ」

　安堵している一夜に、門番が戸惑った。

「なにしてんねん、さっさと但馬守に伝えんかい」

「あ、ああ」

　一夜に一喝された門番があわてて走っていった。

「駿河屋はんとことは大違いや」

　奉公人のていどを比べて、一夜がため息を吐いた。

「まずすることは、もう一人呼んで、わたいを捕縛することやろうが。このまま姿を消したらどうするねん」

　一夜が非難した。

「こらあ、思ったよりも武家の没落は早いかも」

小さく一夜が首を横に振った。

「……下郎が、よくぞ顔を出せたものだ」

「なんや、おまはんか」

門へ駆けてきた主膳宗冬を一夜がげんなりとした顔で迎えた。

「わたいは但馬守にと言うたはずやで」

一夜が主膳宗冬の後ろにいる門番へ、厳しい声をぶつけた。

「父を呼び捨てにするなど、無礼者」

主膳宗冬が怒鳴った。

「やっぱり阿呆やなあ」

「なんだとっ」

あきれた一夜に、主膳宗冬が一層憤った。

「まず、但馬守はわたいの父親や。虫唾が走るほど嫌やけど、事実には違いない。その息子が対外的に父親に敬称を付けてどないすんねん」

「むっ」

「あともう一つ。おまはんが阿呆な理由を教えたるわ。場所を考えんかい。ここは柳生家の門前やぞ。つまりは外や。そこで大声をあげて、近隣の屋敷に騒動を報せてるも同然やろうが」

「…………」

痛いところを突かれた主膳宗冬が黙った。

「もう一回言うで。但馬守を連れてくるか、わたいを案内するか、さっさと決めいや」

一夜が声を荒らげた。

「な、何用だ」

「ここで口にしてええねんな」

主膳宗冬が用件を問うたのに対し、一夜が周囲を見回した。

すでに騒ぎに気づいて、いくつかの屋敷から人が出てきているし、足を止めてこちらを窺っている通行人もいる。

「くっ」

合わせて周囲を見た主膳宗冬が唇を噛んだ。

「なかへ入れ」

主膳宗冬が一夜に命じた。

「外から見えへんところで、ばっさりか」

刀で斬るまねを一夜がした。

「こやつっ」

先に言われた主膳宗冬が苦い顔をした。

「とりあえず、なかには入るけどな。愚かなまねはしいなや。なんでわたいが逃げ出した屋敷へ顔を出したんか、理由があるくらいはわかるやろ」

「理由とはなんだ」

「十兵衛兄はんからの使いや。これ以上は外でできるもんやない」

訊いた主膳宗冬に一夜が告げた。

「しかたない。手出しはせぬ」

主膳宗冬が約した。

「ほな、お騒がせしましたなあ。終わりでっせ」

周囲の野次馬へ、一夜があいさつをした。

「……抜け目のない奴め」

その意図を読んだ主膳宗冬がふたたび唇を噛んだ。

一夜が屋敷に入ると出会う藩士たちが、申し合わせたように息を呑む。

「幽霊に出会ったわけでもあるまいし」

「黙れっ」

苦笑した一夜を主膳宗冬が叱りつけた。

「へいへい」

一夜が口を閉じた。

「父上、連れてまいりましてございまする」

奥座敷の前で、主膳宗冬が声をかけた。

「開けよ」

なかから柳生宗矩が応答した。

「はっ」

主膳宗冬が膝を突いて、襖を開けた。

「よくぞ、戻った」

柳生宗矩が一夜を見て満足そうな顔をした。

「…………」

「儂の手からは逃れられぬとわかったであろう」

「…………」

一夜は無言を続けた。

「返事をせんか」

主膳宗冬が一夜を小突いた。

「口利いてええんかいな。言うてもらわな。黙っとけと指示したんは、あんたはんやで」

一夜が言い返した。

「そのようなこと言わずともわかろうが」

「わからんから、黙ってたんや。口を閉じと言うたなら、開けと許すまで黙ってるのが普通やで」

「屁理屈を」

「理屈に屁も臭いもあるかいな。理屈は理屈や」

怒りを見せた主膳宗冬を一夜がさらに煽った。

「おのれはっ」

「止めよ」

激した主膳宗冬を柳生宗矩が制した。

「ですがっ……」

「口喧嘩(くちげんか)で上方の者に勝てるわけはない。なにも同じ土俵にあがることはない。我らには天下の剣があるのだ」

「たしかに、さようでございました」

柳生宗矩になだめられた主膳宗冬が落ち着いた。

「で、そなたはなぜにここに戻った」

「十兵衛はんからお使いを頼まれましてな」

問うた柳生宗矩に、一夜が述べた。

「十兵衛からだと。用件はなんであるか」

「他人払(ひとばら)いせんでよろしいんか」

一夜が天井を見上げた。

「かまわぬ。当家の者だ」

念を押した一夜へ、柳生宗矩が首を左右に振った。

「知りまへんで」

一夜が責任はそっちにあると言った。

「ほな、伝えます」

姿勢を一夜がただした。

「柳生の庄が全滅しました」

「……なにを申すか」

「愚かしい」

一夜の発言を柳生宗矩と主膳宗冬は信じなかった。

「事実ですわ。わたいらが……」

悲愴(ひそう)な顔で一夜が、経緯を語った。

「あり得ぬ」

「信じられんわ」

「わたいの言葉やおまへん。十兵衛はんのでっせ。それでも嘘(うそ)やと」

まだ理解しない柳生宗矩と主膳宗冬に、一夜が感情を消した。

「柳生の庄の者どもは、皆、一廉(ひとかど)の遣い手だぞ。それが壊滅するなど……」

主膳宗冬が首を何度も何度も横に振った。

「鉄炮も弓も持ち出してはりましたで」

「……まさか。いや、それしかない」

一夜の追加した事実に、柳生宗矩が気づいた。

「左門……」

柳生宗矩が次男の名前を口にした。

「同じことを十兵衛はんもお考えでしたわ」

一夜がうなずきながら続けた。

「数えるのも嫌になるほどの犠牲者、そのすべての傷を十兵衛はんは確認して、これは左門はんの剣筋やと判断しはった」

「十兵衛が見たとなれば、まずまちがいはない」

まさに苦汁を飲んだような顔で、柳生宗矩が首肯した。

「その左門はどうなっていた」

「知りまへん。なにはともあれ一報を」

柳生宗矩の質問に、一夜は首を左右に振った。

「肝心のことを調べておらぬとは、役立たずが」

「十兵衛はんが、できるだけ早く江戸へ報せるようにと」

がなる主膳宗冬を無視して一夜が言った。

「左門はんのことは任せ、おぬしの持つすべての力と伝手(つて)を使って、左門はんよりも先に江戸へ着いて報告してくれと願われましてん」

「うむ。さすがは十兵衛じゃ。的確な指図である」

柳生宗矩が十兵衛三厳の行動を賞賛した。

「父上っ。確認もせず、左門兄上の仕業とするのは、あまりに早計かと」

主膳宗冬が不満の声をあげた。

「十兵衛は、左門をどうすると申しておった」

やはり主膳宗冬を相手にせず、柳生宗矩が訊いた。

「……斬るしかないと」

一度息を吸ってから、一夜が十兵衛三厳の決意を告げた。

「勝てるのか」

柳生宗矩が難しい顔をした。

「命を懸けてもというお覚悟とお見受けしました」

一夜も真顔で応じた。

「父上っ」

主膳宗冬が大声を出した。

「まだ左門兄上のしたことと決まったわけではございませぬぞ。それをきっちり調べておかねば、無駄に身内で争うという恥を晒すことになりかねませぬ」

正論を主膳宗冬が展開した。

「公方さまの策だな」

「十兵衛はんもそうやないかと。上使が来てすぐのことやったみたいですし」

柳生宗矩の推測を一夜も肯定した。

「だから、上使は始末しておくべきだったのだ」

責めるような眼差しで柳生宗矩が一夜を睨んだ。

「それこそ、公方さまの思うつぼですやろ。上使を害したとして、但馬守はんを切腹させる。そうなれば、左門はんは国元で療養という名の監禁生活から解き放たれる……」

「儂がやったという証などないだろうが。野盗の仕業、あるいは悪路での事故もある」

一夜の説を柳生宗矩が否定した。

「相手を誰やと思うてはりますねん。公方はんでっせ。天下人や。いくらでもやりようはおます。それこそ、柳生の領内で、使者の遺体が見つかるくらいの細工はされまっせ。いや、そこまでせんでも、柳生に入ったが出てこないと藤堂藩の者に証言させるだけでええ」

藤堂藩は津に本城を置き、伊賀上野にも城を持つ外様の大名である。徳川家康をして無比の忠臣と言わしめたほど、幕府に忠実な姿勢を取ってしたたかに生き延びている。

「公方さまがそのような卑怯なまねをなさるはずがない。控えよ、下賤の身分で公方さまのお名前を口にするな」

主膳宗冬がまたも吠えた。

「うるさいなあ。これ、どっかへやってもらえまへんか」

一夜が顔をしかめて、柳生宗矩に願った。

「主膳、そなた自室で控えておれ」

「父上、こやつの言を採用なさるおつもりか」

主膳宗冬が柳生宗矩に食ってかかった。

「重要な話をしておる。その邪魔をするからだ」

「しっ、しっ」

柳生宗矩が理由を述べ、一夜が手を振って犬のように主膳宗冬を追った。

「ぶ、ぶ、無礼な」

怒り心頭に発した主膳宗冬が、置いていた太刀に手をかけた。

「落ち着け。相手の手に乗るな」

柳生宗矩が主膳宗冬を抑えた。

父に命じられては仕方がない。主膳宗冬が歯がみをしながら太刀を置き直した。

「そなたも挑発を止めよ」

一夜にも柳生宗矩が注意を与えた。

「ぐうう」

「はいな」

軽い態度で一夜が従った。

「もう一度確認するが、十兵衛が後始末を引き受けると言ったのだな」

柳生宗矩が念を押してきた。

「たしかに」

一夜がうなずいた。

「儂が出向かねばならぬかと思ったが、十兵衛が引き受けたのならばよいだろう」

柳生宗矩が安堵した。

「それでよろしいんか」

「なにがいかぬ」

危惧を示した一夜に、柳生宗矩が怪訝な顔をした。

「十兵衛はんで勝てますか、左門はんに」

「…………」

一夜の懸念に柳生宗矩が沈黙した。

「左門はんの腕を一度しか見てまへんけどなあ、あれは人の技やおまへん。神でっせ。十兵衛はんは鬼やけど、鬼は神に勝てまへん」

「……他に方法があるか」

柳生宗矩が一夜を見つめた。

「…………」

一夜は口をつぐんだ。

「第一、国元が壊滅したのだぞ。江戸から藩士を急行させても間に合うまい」

「ですなあ」

柳生宗矩の言葉を一夜は認めた。

「だが、やりようはある。御上に左門の義絶を届ける。そうしてしまえば、左門がなにをしようとも柳生家に累は及ばぬ」

義絶とは勘当とも呼ばれ、一切の関係を断つことを表す。

「勘当ですか。でも、諸刃の剣でっせ。公方さまにしてみれば、柳生家への気遣いをしなくてすみます。左門はんかわいさに柳生家への手出しを辛抱なされていたのが、野放しになる」

一夜が危ないのではないかと心配した。

「義絶が認められたら、後を追うようにして左門の所業を届け出る。他藩の藩士を斬殺したとなれば、いかに公方さまでも左門をそのまま受け入れることは難しい」

「なるほど。それを材料に、公方さまと取引するわけですか」

一夜が納得した。

「さてこれで用は終わりですな。ほな」

「なにをふざけている。そなたは二度とこの屋敷から外へ出られぬ」

腰をあげかけた一夜を柳生宗矩が押さえこもうとした。

「やっぱりですかあ。こうなると思ってましてん」

「わかっているならば、おとなしくせい。縛されたくはなかろう」

嘆息する一夜に、柳生宗矩が命令した。

「わかってたと言いましたやろ。知っててなんもせんのは、馬鹿でっせ」

「……なにをした」

笑みを浮かべた一夜に柳生宗矩が警戒した。

「このあと堀田加賀守さまにお目にかかるお約束ですねん」

約束などないが、すでに駿河屋総衛門から堀田加賀守のもとへ話は通じている。柳生家から問い合わせがあっても、応じてもらえるくらいの貸しはあった。

「侮れぬ奴よな」

「お褒めいただき恐悦至極でんな」

悔しそうな柳生宗矩に、一夜が返した。

「あと柳生藩の財政基盤については、しっかり組んでおます。下手にいじらんかったら、五年先には二千石くらいは浮きますやろ」

「…………」

一夜の言葉に、柳生宗矩は応えなかった。

第三章　兄弟血闘

一

堀田加賀守との約束がと口にしたからには、その屋敷へ行くしかなかった。

「付いてきてるやろうしなあ、柳生の忍が」

一夜は周囲を気にするようなまねをせず、堂々と堀田加賀守の上屋敷を目指した。

「上方の淡海屋七右衛門が孫、一夜でございまする」

商人の身分では大門を潜ることは許されない。潜り戸から訪(おとな)いを入れた一夜は、そのまま小腰を屈めて、屋敷のなかへと足を踏み入れた。

「……本当に堀田加賀守さまのところへ行ったな」

「うむ。我らもなかに入るか」

一夜の後を付けてきた柳生家に仕える伊賀者が会話を始めた。

「なかか……止めておこう」

「どのような話をするのかがわかれば、但馬守さまも喜ばれるぞ」

一人が首を横に振り、もう一人がそのほうがいいと意見が分かれた。

「たしかに但馬守さまはお喜びになるだろうが、万一見つかった場合はまずすぎる」

「我ら伊賀者が、たかが藩士ごときに見つかると」

最悪を想定した相方に、もう一人があり得ないことだと否定した。

「まちがうな。老中の藩士といえども、我らの敵ではない。問題は……」

ちらと伊賀者が堀田家の潜り戸に目をやった。

「あやつか」

もう一人の伊賀者が嫌そうな顔をした。

「素我部から聞いたであろう、蠟田」

「ああ。あやつは伊賀者の隠形を見抜くとな。だが、そのようなことがあり得るのか。十兵衛さまならわかられて当然だが、剣術のけの字も知らぬ商人だぞ、あやつは。与太話ではないのか、栖川（すがわ）」

伊賀者の意見が二つに割れた。

「吾もいささか怪しいと思っているが……」

「なら、やるべきであろう。忍は挑む者である」

蠟田と呼ばれた伊賀者が、栖川と呼んだ相方を鼓舞した。

伊賀者だけではないが、忍はまともに武士扱いされなかった。

「人外、化生（けしょう）の者」

「闇に紛れなければ戦えぬ卑怯者」

正々堂々と名乗りをあげて一騎討ちをし、敵を倒してその首を獲る。これこそ武士の誉れという風潮のなかで、闇に潜んで敵を始末する、密かに話を盗み聞きしてくる、忍びこんでものを盗（と）ったり、火を付けたりする忍はさげすまれてきた。

だが、忍にも矜持はある。

「戦えば、どのような豪傑でも仕留められる」

「難攻不落の城であろうが、我らにかかれば容易に攻略できる」

物心付く前から厳しい修行を重ねた忍の力はすさまじい。ただ、そのやりかたは受け入れられない。その矛盾というか、不満を忍たちは、より困難な任に挑戦し、成功させることで解消してきた。

「いくか」

「おう」

二人の伊賀者がうなずきあった。


老中は昼過ぎの八つ（午後二時ごろ）には執務室である江戸城表の上御用部屋を出て、下城するのが慣例であった。

「淡海が来たか。通すがよい」

来訪を聞いた堀田加賀守が、一夜の入室を許可した。

「お忙しいところをお邪魔いたしましたことを深くお詫びいたしますとともに、お目通りをいただきましたこと感謝いたしまする」

廊下で一夜が平伏した。

「止めよ。気持ちの悪い」

素の一夜を知っている堀田加賀守が手を振った。

「いや、さすがに最初くらいはせんとあきまへんやろ」

一夜が一気に崩した。

「気にもしておらぬくせに、よく言う」

堀田加賀守が苦笑した。

「近くへ寄れ」

「ご免を」

手招きされた一夜が、座敷に入った。

「江戸から離れたと聞いていたが」

「よくご存じで」

一夜が驚いた。

「それくらいの伝手がなければ、老中などやっておられぬわ」

「畏れ入ります る」

老中の権力というものに、一夜が感心した。

「なにかあったのか」

「公方さまの出された上使さまが発端でございまして」

あらためて問うた堀田加賀守に一夜が答えた。

「お使者か……」

堀田加賀守が頬をゆがめた。

「左門を呼び返すことになされたのだな」

「それやったらよろしかったんですけどなあ」

嘆息した堀田加賀守に一夜が首を左右に振った。

堀田加賀守は新たな寵臣の誕生を歓迎していなかった。いや、警戒していた。おのれが家光によって引き立てられたこともあって、その偏愛が碌(ろく)でもない結果を生むとわかっていたからであった。もちろん、嫉妬もある。

堀田加賀守や松平伊豆守らは、執政に引きあげられたとき、十分な経験もなくかなり戸惑った。幸い、堀田加賀守らのときは先代の功臣である酒井雅楽頭(さかいうたのかみ)、土井大炊頭(どいおおいのかみ)が現役で幕政を仕切っていた。

「しっかりと学べ」

とくに土井大炊頭は堀田加賀守らを執務が終わった夜に屋敷へ招いて、遅くなるまで執政というものについて教え諭してくれた。

しかし、今はそのような指導役がいなかった。

松平伊豆守は他人に興味がない。なにより切れ者過ぎて、他人がなぜそれをわからないのかが理解できないのだ。

「これのどこがわからぬ」

どのような質問も、その意図がわからぬと流してしまう。

堀田加賀守は左門を嫌っている。まちがえても育て上げようなどとは思っていない。

となると残るは阿部豊後守だが、慎重にものごとを進める性質が教師役に向いていなかった。なにせ、一つのことを教えるために、十の準備をする。これでは執務に滞りが出てしまう。

「役立たずを新たに受け入れる暇はないのだがな」

堀田加賀守が先ほどよりも大きなため息を吐いた。

「諸国巡検使のお話は……」

かつて一夜は堀田加賀守に、左門友矩を諸国巡検使にして九州や琉球を巡らせてはどうかと提案した。柳生の庄から解放する代わりに、家光のいる江戸から遠ざける。

「妙手である」

それを堀田加賀守は受け入れたはずだった。

「公方さまにもお話ししたのだがな……どうやら余も謀られたらしい」

「見抜かれていたんですなあ。加賀守さまが左門はんを遠ざけようとしていることを」

肩を落とした堀田加賀守に一夜が述べた。

「そなたは使者の趣を存じおるのか」

「その場にいたわけやないので、わかりまへんが……」

確認された一夜が一度言葉を切った。

「……柳生藩国元詰めの家臣たちが壊滅しました」

「壊滅だと」

一夜の話に堀田加賀守が驚愕した。

「偶然、郷見廻りなどで留守にしていた者たちを除いて、皆斬殺されておりまして」

「左門の仕業だと」

「証拠はおまへんが、十兵衛はんによると太刀筋が左門はんのものやそうで」

堀田加賀守の推測に、一夜が答えた。

「あの十兵衛がそうだと言うならば、まちがいはないだろうの」

少しの間とはいえ、十兵衛三厳と家光の側近くで一緒に仕えていたのだ。堀田加賀守は十兵衛三厳のことをよく知っていた。

「で、十兵衛三厳はどうすると」

「左門はんを排除すると仰せでございました」

「排除……」

音を立てて堀田加賀守が唾を呑んだ。

「勝てるのか」

堀田加賀守が質問した。

「難しいでっしゃろな」

偽りを一夜は口にできなかった。

「それはまずいだろう」

「止められますか、覚悟を決めた十兵衛はんを」

否定する堀田加賀守に一夜が問い返した。

「……できぬな」

堀田加賀守が納得した。

「余に教えてよかったのか」

藩士を一門が壊滅させたなど、お家騒動の域を超えている。ちょっとした継承者問題でも家が取り潰されるときに、幕政の頂点にそのことを明かすなど、自ら首を絞めて足を引っ張っているとしか思えない行為であった。

「余が惣目付に言うだけで、柳生家は潰れるぞ。秋山修理亮のように柳生を引きずり下ろして、代わりに大名へのしあがりたいと考えている者は多いが」

「そやからですわ」

堀田加賀守の懸念に、一夜が応じた。

「このまま隠しおおせればよろしいけどなあ。あの柳生でっせ」

「……ふむ」

一夜のあきれを堀田加賀守は肯定した。

「剣と策略は使えるようですけどなあ、こっちから攻めることは得手でも、攻められたときの守りがあきまへん」

「…………」

一度柳生家へ嫌がらせを仕掛けている堀田加賀守が、なんともいえない顔をした。

「わたいがいてへんかったら、今ごろ柳生家は大恥をかいて、江戸城へあがれんようになっていたはず。ちょっと考えれば防げるような罠にはまってもがくだけの獣と一緒ですわ、猟師はん」

「平然と当てこするの、そなたは」

「事実でっさかいなあ」

唇をひくつかせている堀田加賀守に、一夜は平然としていた。

「少しは遠慮せいと言いたいところだが、そなたのことだ。気にするまい」

「気にはしてまっせ。なんせ、目の前にいてはるお人は、天下のご執政さま」

あきれかえる堀田加賀守に、一夜が笑った。

「隠していて見つかるのと、内々にでも報せておくのと、どっちが心情としてよろしいかはおわかりやと思います」

「たしかにまちがってはおらぬな」

執政というのは隠し事をされるのを嫌う。当たり前である。正しい情報がなければ、対応に手間取ったり、まちがえたりするからだ。そして執政の失敗は、天下に大きな影響を及ぼすだけでなく、まず取り返しがつかなかった。

「それに今回のことの裏には……」

「公方さまがおられる。なるほどの。こちらであるていど話を作るのだな。そうして公方さまのお名前が表に出ないようにする」

「ご賢察で」

一夜が堀田加賀守の鋭さに感嘆した。

「偽りは真実の上に成り立つもの。真実を知らずして、糊塗はできぬし、やってもすぐにばれる」

堀田加賀守が納得した。

「わかった。それは余がどうにかしよう。惣目付の動きも抑える」

老中でも監察できるというのが惣目付の誇りであるが、実際はできるものではなかった。とくに家光の寵愛が深い堀田加賀守への手出しは、まちがいなく身の破滅を呼ぶことになる。

堀田加賀守にすれば、家光の名前が汚されることだけは避けなければならなかった。

「なれど、なぜそこまで柳生に肩入れする。そなたは但馬守を嫌っていたはずだが」

「嫌いでっせ。二度と顔を見たくないと思うてます」

疑問を口にした堀田加賀守に、一夜が告げた。

「そこが不思議である」

「十兵衛はんに継いでもらいたいから」

「柳生をか」

「さようで。これでも一応一門でっさかいなあ。はっきり言うて但馬守や主膳がどうなっても知りまへん。ただ、十兵衛はんには情がおましたし、こっちもほだされまして」

一夜が語った。

「情か……面倒なものだが、大切なものでもある」

家光の情で生かされて来た堀田加賀守がうなずいた。

「それに十兵衛はんが継がなんだら、こっちに回ってきそうですし」

「ほう。そなたが柳生を継ぐか。それはよいな」

嫌だと露骨に眉間にしわを寄せた一夜に対して、堀田加賀守が笑顔になった。

「そなたが当主になったなら、将軍家剣術指南役から離して、勘定奉行をさせよう。

「うむ。これは妙手である」

「勘弁してください」

手を打った堀田加賀守に、一夜が頭を下げた。

「委細、任せておけ」

そんな一夜に応じず、堀田加賀守が話を締めた。

二

会津城下は不穏な空気に支配されつつあった。

「いかに藩主といえども、横暴が過ぎる」

「堀家の功績をなんと考えておるのだ」

会津藩加藤家筆頭家老堀主水の家中は喧噪に染まっていた。

というのも城下の噂が耳に入ったからであった。

「式部少輔さまが、堀家を邪魔に思っておられる」

これくらいならまだよかった。

「今回のことを機に、堀家を潰すつもりだとか」

こうなると堀の家臣たちにとって聞き逃せなくなる。

主家がなくなるということは、牢人になるということである。与えられていた禄、手当がなくなる。これは過去の功績すべてが無になるというのと同時に、将来の生活が成り立たなくなるということでもあった。

「苦労知らずの二代目が」

「先代のお供をして戦場を駆け巡った功ある者をなんだと思っているのだ」

とくに大坂の陣に参加した者たちの不満は大きかった。

熊本の加藤家と混同されやすいが、会津の加藤家も豊臣秀吉子飼いの家臣であった。もとは三河の松平の家臣であったが、家康のときに三河一向一揆に参加、ことが終わった後も許されることなく出国、長い放浪の末近江へと居を移した。

「家臣を募る」

このころ織田信長のもとで頭角を現した秀吉が近江長浜の城主となった。急に大名となったに近い秀吉は、家臣団の強化をすべく、広く人材を求めた。

「お仕えいたしたく」

このなかに加藤明成の祖父教明もいた。

三百石をもって秀吉に仕えた加藤家は、主家の発展とともに立身した。

「武勇に優れたる者」

父教明の後を継いだ嘉明はその槍働きで秀吉のお気に入りになった。

さらに本能寺の変を機に独立した大名へと歩み始めた豊臣秀吉にとって、運命を決したともいえる柴田勝家との合戦、賤ヶ岳の戦いで加藤嘉明は大手柄を挙げて、加藤清正、福島正則、脇坂安治らと並んで賤ヶ岳七本槍の一人として称された。

「いずれ国主にしよう」

朝鮮の役でも活躍した加藤嘉明は秀吉の重用を受けて十万石に成り、いずれ一国を与えるという約定までもらった。

しかし、その直後に豊臣秀吉が死去、国主の約束は白紙になった。

「無念なり」

国持大名になることができなかったことを加藤嘉明は非常に悔しがり、このころ豊臣家の内政を支配していた石田三成のせいだと憎んだ。

豊臣秀吉という重石を失った天下は、加藤清正、福島正則を中心とする武断派、石田三成、増田長盛（ましたながもり）らが率いる文治派の二つに割れた。

加藤嘉明もこの武断派であり、文治派を嫌った。

結果、関ヶ原の合戦では石田三成が主導する豊臣方ではなく、徳川家康の側に付いた。

「伊予（いよ）で二十万石を預ける」

藤堂高虎と分け合ったことで国主とはなれなかったが、それでも加藤嘉明は二十万石の大大名に出世した。

それだけでなく、豊臣家を滅ぼす大坂の陣でも武を見せ、

「左馬助（さまのすけ）ならば、安心じゃ」

奥州（おうしゅう）の抑えであった蒲生（がもう）家が改易となると、その代わりと加藤嘉明が会津へ封じられた。このとき石高は四十三万五千石と倍増した。

さすがに三百石や六百石のころから仕えていたわけではないが、堀家はかなり古い家臣になる。もとは多賀井（たがい）と称していたが、大坂の陣で敵の武将と組み討ちになったとき、大坂城の堀に落ちたにもかかわらず、相手を仕留めたことで主君から堀の名字をもらった。

「息子を頼む」

武で大名にまで成りあがった加藤嘉明は、やはり武人であった堀主水を頼りにし、三千石を与え、息子明成の傅育を任せた。

「そのようなことはなりませぬ」

「お父上さまがご覧になられれば、どれほどお嘆きになられますか」

功臣かつ老臣というのは、うるさいものである。

どうしてもまだ若く、苦労していない二代目に、厳しい。先代に比べて物足りないのだ。

それこそ箸の上げ下ろしまで言われては、二代目もたまらない。

「武家は忠義を第一とする」

そこへ幕府が儒教の教えを持ち出してきた。

主君への忠義こそ、武士の本分である。この考えは、功臣に手を焼いていた二代目への朗報であった。

「主君をなんと心得るか」

「控えよ」

忠義を振りかざして、二代目が功臣を抑えつけようとした。

だが、新しい考えは、古い考えを一朝一夕に払拭できるものではない。

「実力をもって黙らせてみよ」

「主君たる資格なし」

戦場往来の者たちにとって、忠義は枷にならなかった。

なにせ実力で今の状況を勝ち取ってきた者ばかりなのだ。

当然、主張は折り合わず、ぶつかり合う。

会津藩でも、藩主加藤明成と筆頭家老堀主水の確執は、起こるべくして起こった。

ただ、収まる方向を柳生但馬守は潰した。

「今一度ご存念を伺いたく」

家臣たちの暴発を抑えるため、堀主水は謹慎中であったにもかかわらず、城中へと出向き、加藤明成に面談を強要した。

「不遜なり」

功臣の求めに応じて不承不承面会に応じた加藤明成は激怒した。

「悪いのはそちらで、当方に罪はない」

決着を見たと考えている加藤明成に、直臣と堀主水の家臣のもめ事を再考して欲しいとの要望、いや、判決を引っくり返せという強要だったからである。

一度、藩主が決めたことを老臣に言われたから変更したなど、加藤明成に認められることではなかった。

「分をわきまえぬにもほどがある。このような者に家老職を任せることはできぬ」

怒った加藤明成は、堀主水を家老職から外した。

「このような仕打ちを受けるとは……」

愕然とした堀主水は、それ以上加藤明成に話を求めることなく、城を下がった。

「後一押しだな」

「ああ」

柳生家から派遣されている伊賀者たちがうなずいた。

会津から江戸までは六十里（約二百四十キロメートル）、普通なら六日ほどかかるが、伊賀者は三日で走破する。

「ご報告を」

策の進捗状況を告げる伊賀者に、柳生宗矩は生返事で応じた。

「……さようか。ご苦労であった。今後も指図どおりにいたせ」

いつもならば、微に入り細を穿（うが）って聞き、新たな指示を出す柳生宗矩が、まるで上の空であった。

「はあ」

会津から長駆江戸へ戻った伊賀者が、怪訝な顔で下がっていった。

「……どうすれば」

柳生宗矩は左門友矩のしでかしたことで、頭のなかが一杯であった。

「後ろに公方さまがおられることはまちがいない。でなければいかに左門といえども柳生の家を潰すようなまねはできぬ」

藩主が家臣を気に入らぬとして成敗して、改易になることもある。一人でそれなのだ。それが十人をこえてとなれば、無罪放免はあり得なかった。

「公方さまがなにをお考えなのか」

問題はそこにあった。

通常ならば、左門友矩の所業は切腹ものである。しかし、家光が寵臣である左門友矩をそのような目に遭わせるとは思えない。

「責任を押しつけてこられよう」

柳生宗矩がそう考えたのも無理はなかった。

「問題はどうやってだが……」

ただ手段がわからなかった。

「まず、左門友矩の名前を出すことはできぬ」

そなたの息子がやったこと、責任を取れとは言ってこない。

「藩士たちが殺されたというのを、どうやって咎めるか」

柳生宗矩が思案した。

「いや、まず、どうやって知る。柳生の庄での出来事だぞ」

告発するには、それだけの証拠が要った。

「柳生は旅人が多く通るところではない」

大和と伊勢、京と和歌山にも通じている柳生だが、どの道も本街道ではなかった。

なにより山のなかなのだ。狼も出れば猪(いのしし)もいる。少数の旅人が通行の道として使うことは難しい。

「奈良奉行の管轄ではない」

大和には幕府から奈良奉行が派遣されているが、その権限は旗本の知行所を含む幕府領と寺社領の一部に限定されており、大名領となった柳生に手出しはできなかった。もちろん、奈良奉行の監察は拒否できても通過は拒めないので、探られることはあるし、幕府への通報も止めることはできない。

「いかに左門に命じたとはいえ、いきなり結果を押し出してくることはできぬ。どうして知ったかというのを公方さまは説明できぬ」

将軍は理不尽なものである。だが、それも他に代わる人物がいない場合に限る。たしかに最大の競争相手であった弟の忠長(ただなが)は死んでいる。そしてもう一人の弟は、保科家へ養子に出たため、徳川家の決まりとして継承権を失っている。

だが、天下にはまだ将軍たる人物が三人いた。御三家の当主である。

「本家に人なきとき、跡継ぎを出せ」

徳川家康からそう言われて創設された御三家は、いつでも将軍として本家となる資格を持つ。

「本家に人なきとき……」

これは世継ぎがいないときに限ると取れるが、そうでなかった。織田信長亡き後の次男信雄（のぶかつ）、三男信孝（のぶたか）、豊臣秀吉死後の秀頼を見てきた徳川家康は、ふさわしくない人物が、能力に欠ける者が家を継いだらどうなるかをよく理解していた。

そう、滅びるのだ。

ゆえに徳川家康の言う人なきときというのは、天下人としてふさわしくないというのも入る。

将軍だからとその座にあぐらを掻いていては、いつ奪われるかわからない。わずかな隙も許されない。

「かならず、有無を言わせぬだけの証拠が要る」

柳生宗矩が呟いた。

「幸いなのは、十兵衛が国元へ帰っていたことだ。あやつは儂の言うことを聞かぬ生意気な者だが、柳生の家を大事には思っている。そして、剣術だけでなく頭も切れる。なにより一夜がともにいた。一夜ならば、死体を隠すくらいのことをしてのけたはずだ」

嫌っていながらも、柳生宗矩は一夜の能力を買っていた。

「死体がなければ、壊滅したとは言われぬ。どこかに出張っているとか、病で寝てい

ると か、言いわけができる」

柳生宗矩の頭は大きく回っていた。

「一軒一軒、屋敷検めなどできぬ。やれば、なぜしなければならなかったのかという名分が要る。藩士が殺されていただろうなどと言えば、なぜ知っているという反駁を喰らう」

少しだが、柳生宗矩の肩の力が抜けた。

「左門さえ、公方さまのもとへ近づけねばいい」

結論はそこに行き着く。

「ただ、左門に勝てる者がな。主膳では遠く及ばぬ。一合もなく斬り伏せられよう。となると高弟たちだが……一人、二人では届かぬ」

左門友矩の腕を柳生宗矩は嫌というほど知っていた。

「儂ならば腕では勝てまいが、経験が違う。どうにかできよう……」

しばし柳生宗矩が黙った。

「うまく十兵衛と左門で相打ちになってくれればよいのだが……そうなれば、誰も儂の考えを邪魔する者はいなくなる。十兵衛の庇護を失った一夜ごとき、吾が剣の前には這いつくばるしかなくなる」

柳生宗矩の表情が酷薄なものへと変わった。

三

剣術遣いというのは、気配を読むのがうまい。と同時に気配を消すのも得意でなければならなかった。

剣の下に身を置くことでいつでも死ぬ覚悟ができるだとか、一刀にすべてをかけるには心を研ぎ澄まさねばならぬ、修行はそのためにある、などときれいごとでいくら覆い隠そうとしたところで、要はどうやって敵を討ち果たすかが剣の技であり、そのための修行であった。

一刀流でいうところの威の位は気の圧力で敵を萎縮させて、身動きできないようにして真っ向幹竹割りにするものであり、気配を強く出し、敵にだけぶつけられるようにする。これは気配の表の使いかたである。

対して、闇に、陰に潜み、敵を不意討ちにするために気配を殺すのが裏であった。

「……」

一流の剣術遣いは、忍を凌駕するほど気配を消すことができる。

すでに五日、左門友矩は遠くながら柳生館が見える山中に潜んでいた。

「おらぬ」

「痕跡すらない」

何度か下山甲斐配下の伊賀者がすぐ近くを通ったが、左門友矩にはまったく気づかなかった。

「いつでも殺せる」

探索のために気を尖らせているとはいえ、左門友矩を見つけることができないていどの腕ならば、一瞬で二人や三人は屠れる。

だが、今は兄十兵衛三厳を倒すことが先決であった。

もし、ここでうろつく伊賀者を邪魔だとして討ち果たせば、血の跡や臭いなど消しきれない痕跡が残る。

この付近に潜んでいる、潜んでいたと報せることになる。

「見つけるだろう」

左門友矩の隠形がいかにすぐれていても、なにかしらの手がかりがあれば、十兵衛三厳は見逃さない。

「戦えば勝つ」

左門友矩には、自信があった。

「ただ無傷とはいくまい」

十兵衛三厳と左門友矩の実力差はわずかである。この差は絶対であり、勝ちは揺るがない。しかし、十兵衛三厳の命を狩ったとき、左門友矩が無傷であるという保証はなかった。

「この身体も顔も、すべては公方さまのもの」

左門友矩にとって、家光は神に等しかった。その神に選ばれたのは、おのれが完璧であるからだと考えていた。

その完璧に傷が付く。

それを左門友矩は我慢できなかったし、なによりも怖れていた。

「もし、顔に髪の毛ほどの傷でも付けば……公方さまに申しわけなし」

左門友矩は震えた。

それだけの技量を十兵衛三厳は持っている。その可能性がたとえ爪の先ほどに少なくても、甘く見るわけにはいかなかった。

「…………」

左門友矩はふたたび山に溶けこんだ。

十兵衛三厳は左門友矩の居場所をあるていど感知していた。

「山のなかだろう。それも館を見下ろせる山」

柳生の庄は谷底といってもいいほど周囲を山に囲まれている。

「吾が庄を出れば、すぐに気づかれよう」

少しでも早く敵のことを知ったほうが有利なのは自明の理であった。

「すでに先手は取られている」

左門友矩によって、柳生藩の国元は壊滅した。これは山狩りをする、あるいは江戸へ連絡するなどの人手を失ったことを意味している。

今の十兵衛三厳には、使える戦力がなかった。

「一夜を出して正解だったな」

十兵衛三厳は生まれてこの方商人として生きてきた弟の才を認めていた。

「他人を見るという点では吾よりも上。左門も及ぶまい」

一度だけ左門友矩と一夜を会わせたことがあった。そのとき左門友矩が放った一撃を、剣術の稽古をしたことさえない一夜がかわしてみせた。

「喉の動き、呼吸、目の付け所を注目していれば、どこを狙ってくるかくらいはわかりまっせ」

どうして避(よ)けられたかを問うたとき、一夜はなんでもないように答えた。

「天性の目」

そのときから十兵衛三厳は一夜に興味を持った。

「あいつならば、左門友矩に狙われても逃げきるだろう」

美濃紙(みのがみ)を重ねた笠(かさ)、弁当箱、そのときに手に入るものを的確に使う能力、いや、それを使って身を守る状況へと相手を誘導する技、一夜の価値はそこにあるとまで十兵衛三厳は感じていた。

「襲われた館の片付けもすんだ」

生き残った小者、館出入りの商人などを動員して、死体を埋葬し、傷ついた館を修復した。もちろん、完全な状態にはほど遠いが、血しぶきや闘争の痕跡は消せた。

「後は、吾が左門友矩を討つだけ。左門友矩を片付けねば、柳生は終わる」

十兵衛三厳が弟を殺す決意を新たにした。

武士にとって家はすべてであった。

忠義、それこそ武士の要だと幕府が押しつけてきているが、それなど家に比べると軽い。

一所懸命という言葉のとおり、武士は土地に命を懸ける。なぜなら土地が生活の基盤である年貢を生み出すからであった。

「主君に尽くせ」

これも結局は一所懸命であった。

土地すなわち知行は主君から与えられたもの、それに対するのが奉公である。そして奉公は忠義だと幕府は天下に公言している。

だが、それは端(はな)から成り立っていなかった。

柳生の土地を考えればわかる。柳生の庄は幕府から与えられたものではなく、柳生の先祖が命を懸けて戦って手に入れた領地なのだ。

徳川家は、それを天下人という権力で押し流しただけであった。

「逆らえば滅ぼす」

二千石と四百万石では、勝負にもならない。

いかに柳生の者が一騎当千でも、百人ほどで百万を超す軍勢には勝てなかった。

「滅びるよりはまし」

死ぬか生きるかの選択肢で、死を選ぶのは愚か者のすることである。

「汚泥にまみれた生よりも、名誉ある死を」

これなどまさに馬鹿であった。

「勝てもせぬのに」

「数の差を理解できぬ、無謀な愚行」

滅びた者に投げかけられるのは、称賛ではなく軽蔑。

生きていてこそ、名誉も蔑視も受けられる。それが一所懸命に繋がり、先祖代々の土地を守る。

徳川家の天下に従っているのは、滅びを防ぐためでしかない。

もし、徳川家に勝る勢力が出てくれば、あっさりとそちらに寝返ればいい。これが戦国乱世を知っている武士の本音であった。

十兵衛三厳もその一人である。

「柳生の家を守らねばならぬ」

「とてもあの公方さまには従えぬ」

家光の側近くに仕えていたこともある十兵衛三厳は、その性(さが)が酷薄だと知っている。

「隙を見せれば、かならず手出しをしてくる」

その育ちからか、家光は他人を二つに分けたがる。味方か、それ以外かであった。

春日局、松平伊豆守、堀田加賀守らは味方であり、柳生宗矩を始めとする大名、旗本はそれ以外になる。

なにせ病で高熱を発していた家光を放置して、当時次期将軍と目されていた忠長に小姓をはじめとする旗本が媚(こ)びを売っていたのだ。

「公方さま、公方さま」

昨日までそっぽを向いていた連中が、立場の変更とともにすり寄ってきた。そんな連中を信用できるはずはない。また新たな権力を握る者が出たら、そちらになびくとわかっている。

「閨に参れ」

そうなると理解していたから、家光は男色に走った。

男と男が身体を重ねる。これは心の絆を作ることでもあった。

徳川将軍の血を引く子供を作るという目的を持つ女よりも、何一つ二人の間になすものがないからこそ、繋がりが強くなる。

一つまちがえば、横暴な家臣を生み出すことにもなるが、うまくいけば命さえ惜しまない忠臣ができる。

十兵衛三厳も小姓として上がったときに、閨へ侍るように命じられた。

「武にて仕える者でござる」

それを十兵衛三厳が拒否した結果、小姓を外され、代わって左門友矩が出仕した。

「公方さま」

あっという間に左門友矩は閨へ誘われ、家光の寵臣となった。

「本当に尽くすべきは、将軍ではなく、柳生の庄だとあやつはわかる前に墜ちた」

将軍の命とはいえ、おのれを育んでくれた故郷を滅ぼす。これは武士の性根から左門友矩が外れたことを意味していた。

「……出てこい、左門」

館を出た十兵衛三厳が叫んだ。

いつものように登城した堀田加賀守は、御用部屋の中央に置かれている大火鉢の前に立った。

「ご一同」

堀田加賀守が他の老中に呼びかけた。

「………」

「なにかの」

「やれ」

無言で松平伊豆守が、怪訝な顔をしながら阿部豊後守が、面倒くさそうな表情で阿部対馬守重次が腰をあげた。

「他の者は、出よ」

老中たちが火鉢を囲むのを確認して、堀田加賀守が他人払いをさせた。

「面倒ごとか」

松平伊豆守が目を細めた。

「なにがあった」

阿部豊後守が表情を引き締めた。

「柳生左門だ」

「また公方さまが、江戸へ呼び返せと仰せなのか」

「いつものことではないか」

堀田加賀守の出した名前に、松平伊豆守と阿部豊後守が嘆息した。

「いつものようにときを稼げばよかろう」

阿部対馬守が手を振った。

「………」

無言で堀田加賀守が、火箸を手に取って火鉢の灰の上へ文字を書き始めた。

これは古くから伝わる密談の手法であった。どれだけ小声で話そうとも、聞き耳を立てていた者に捉えられることはある。紙の上に書いたものは、灰になるまで焼けば内容は知られずにすむが、焦げた匂いは残るため、なにか密議をしたとばれる。

もちろん、他人払いをした段階で密談をしているとは知られているが、これは幕政の頂点たる老中ならままあることで珍しくはない。だが、焼けた匂いが残っていれば、よほどのことを話し合ったのだなというのは見抜かれてしまう。

その点、火鉢の灰の上に書いた文字は、均(なら)してしまえば跡形もなくなるし、匂いなどもしない。

古くから伝わる密談方法は、御用部屋でも活用されていた。

「……馬鹿なっ」

「そんなことが」

「あり得ん」

堀田加賀守が書いた柳生庄全滅という文字に、松平伊豆守、阿部豊後守、阿部対馬守が驚愕の声を漏らした。

「声を出すな」

堀田加賀守が同僚を叱った。

「しかしだな……」

「伊豆、口を閉じろ」

言い返そうとした松平伊豆守を阿部豊後守が制した。

「わかっていることを教えてくれぬか」

阿部豊後守が堀田加賀守に求めた。

「…………」

堀田加賀守が火鉢の灰の上に、上使、柳生庄、左門友矩、藩士斬殺、十兵衛後始末と次々に記した。

「なんということを」

これで事情が理解できないようでは、老中など務まらない。

三人の老中が合わせたように、天を仰いだ。

「公方さまも……」

「いや、それだけ情がお深いのだ」

「ご辛抱が尽きたのか」

松平伊豆守、阿部豊後守、阿部対馬守がそれぞれに嘆いた。

「どうするかを相談したい」

堀田加賀守が本題を口にした。

「…………」

無言で松平伊豆守が火箸を手にして、左門の行方と書いた。

「…………」

堀田加賀守が首を横に振った。

「火箸を」

阿部対馬守が松平伊豆守から火箸を受け取って、江戸と書き、その上にばっ点を重ねた。

「だの」

うなずきながら、阿部豊後守が灰の上に鷹狩りと刻んだ。

「むう」

「それがあった」

「まずいな」

堀田加賀守らが苦い顔をした。

家光は敬愛している祖父徳川家康のまねをしてか、鷹狩りを好む。江戸城から品川や上総(かずさ)、下総(しもうさ)の狩り場へと何度も出向いている。

もし、堀田加賀守らが左門友矩の江戸入りを邪魔しても、そこに家光が鷹狩りだと称して出向けば抗（あらが）いようがない。

「久しいの、左門」

「公方さま、お久しゅうございまする」

近隣の百姓が狩り場へ迷いこむこともあるのだ。左門友矩が家光の陣幕まで入りこむことは簡単であった。

「供頭を命じる」

家光がそこで左門友矩を供として認めてしまえば、江戸城へ入ることを拒むわけにはいかなくなる。

「鷹狩りをなさりたいと仰せになったとき、それをどうやって日延べさせるか」

思わず堀田加賀守が口に出してしまった。

「加賀」

今度は堀田加賀守が松平伊豆守に叱られる番であった。

「狼が出たといえば、数日は稼げよう」

もう火箸の意味はなくなった。

「それよりも……」

阿部豊後守が灰の上の左門の文字を指さした。

「任せるしかあるまい」

堀田加賀守が十兵衛の名前に目を向けた。

「我らは我らのできることをするだけ」

阿部対馬守が、そう言いながら左門の名前の下に鬼と書き、ばっ点をさらに重ねて刻んだ。

「ああ」

「そうじゃ」

「決して」

罪なき者を殺戮(さつりく)した者を将軍に近づけるわけにはいかぬ、と老中たちがうなずいた。

四

柳生宗矩は会津藩加藤家の進捗報告を名分に、家光へ目通りを願い出た。

「道場にて待つように」

大名、目見え以上の旗本といえども、目通りを求めてすぐに許可が出ることはなかった。なにもすることがなくてもわざと待たせて、将軍の権威を見せつける。

「……………」

江戸城中に設けられた剣道場で、柳生宗矩は端座して待った。

「使者を出して何日になるかの。少し早いような気もするが、躬の様子を窺いに来たようじゃの」

家光はしっかりと柳生宗矩のもくろみを読んでいた。

「もう少し焦らすか」

すでに目通り願いを受けてから一刻（約二時間）近い。

「茶を用意いたせ」

独り言を終えた家光が、小納戸に命じた。

将軍のお茶を用意する。これはかなり手間がかかった。火事のもとになるため、将軍が使う手あぶり以外の火鉢は、御座の間にはない。水も茶碗も同様に置かれていなかった。

「はっ」

小納戸の一人が茶の準備をするために御座の間を出ていった。

将軍の身の回りのことをする小納戸は、幕府役人のなかでは珍しい自薦であった。

「わたくしめは将棋が得意でございまする」

「書にいささか心得が」

「表千家の茶を学んでおりまする」

概ね百五十石から五百石ていどの目通りできる旗本が、こういった特技があるので小納戸になりたいと右筆部屋へ届けておく。

「一人欠員が出ましてございますな」

「どれがよろしかろう」

小納戸から転出した者、病などで辞任した者が出て欠員ができたとき、その穴埋めに右筆が届けの出ている者のなかから五名ほどを選ぶ。

「公方さまのお顔を拝見する」

これらが将軍の前へ出て、面通しを受ける。

「そやつがよいな」

そのなかから将軍が指名する。

非常に迂遠な方法だが、かつて二代将軍秀忠が顔が気に入らぬと新任の小納戸を斬り殺して以来、二度と面倒が起こらぬように一度顔を見せておくやりかたに変わったのである。

つまり小納戸には一つか二つ得手があり、それで役目が変わった。

将軍の着替えや御座の間の掃除などは小納戸全体で当番としてやるが、髪結い、茶の湯の用意、将棋や囲碁の相手などは特定の者が担当する。

茶の湯を命じられた小納戸は、御座の間近くで火の用意が絶えずされている囲炉裏の間へ入り、そこで湯を沸かし、茶を点てて、家光のもとへと運ぶ。

当たり前だが、将軍へ饗する茶である。慎重にも慎重を重ねて点てられたうえに、数度の毒味を経なければならず、手間がかかった。

「……ふう」

のんびりと茶を喫した家光が、ようやく腰をあげた。

一刻半（約三時間）ほど待たされたが、柳生宗矩は姿勢を崩すことなく座り続けていた。

「何用じゃ」

前触れもなく、襖が開いて家光が道場へ入ってきた。

「ご足労をいただき、但馬守恐悦至極に存じまする」

柳生宗矩がその場で平伏した。

「躬は忙しい。さっさと申せ」

家光が顔をあげよとも言わず、用件を問うた。

「はっ」

剣術指南役に任じられているだけあって、柳生宗矩は家光が一人で来たことに気づいていた。

「会津の加藤でございまするが……」

手元に入ってきている情報を、柳生宗矩が語った。

「あと一歩だと」

「ではないかと推察仕りまする」

確認した家光に柳生宗矩が首肯した。

「あとは仕上げだけでございまする。始めさせても」

ここから先は取り返しが付かないが、いいのだなと柳生宗矩が念を押した。

「さっさといたせ。肥後守に会津を与えてやりたいのだ」

「承知いたしましてございまする」

これで加藤家の運命は決まった。

「急げよ」

そう言い残して家光が道場から出かけた。

「お待ちをくださいませ」

柳生宗矩が家光に願った。

「なにか」

「……次のお稽古はいつに」

少し逡巡して柳生宗矩が尋ねたのは、次回の稽古についてであった。

将軍家剣術指南役、将軍の師匠といったところで、立場は家臣にすぎない。いつつ稽古だとか、今から走れだとか言えるはずはなく、すべては将軍の都合と気分であった。

「十日後じゃ」

思案することなく家光が告げた。

「承りましてございまする」

平伏したままで柳生宗矩が受けた。

「……行かれたか」

家光の気配が消えて、柳生宗矩が顔をあげた。

「予定は十日後か」

柳生宗矩が呟いた。

「いや、左門の後始末を終わらせるまで猶予が十日しかないということだな」

ゆっくりと柳生宗矩が道場を後にした。

山狩りというのは、相手が人でも獣でも、大勢の勢子で山の麓から追いあげるようにして包囲を狭めて捕らえるものであった。

左門友矩もそうやって隠れているところから追い出すのが最良であった。

しかし、家臣団を壊滅させられた柳生家にそれはできなかった。それは借り出された百姓たちを勢子として指揮する家臣がいないため、どうしても狭める山狩りの輪が統一した動きにならず、抜け穴があちこちにできてしまうからである。

要は、単純に人手が足りないのだ。

「待ち伏せる側が有利だ」

体力を使わず潜んでいる者と、麓からあちらこちらと探し回っている者では、大きな差が出る。

さらに待ち伏せる側は、任意の場所に罠を仕掛けることができた。

「……………」

左門友矩の居場所を探す十兵衛三厳は、罠に気を遣いながらになり、より疲労がひどくなっていた。

「あやつの性格なら……」

剣士同士の戦いに罠など卑怯だという考えかたをする者が増えてきている。だが、それは道場だけのことであり、命の遣り取りをする戦いでは卑怯未練も技のうちになる。

十兵衛三厳は左門友矩が罠を仕掛けそうな場所を頭に思い浮かべながら、動いた。

「あれからもう五日。そろそろ食料や水が要るころだろう」

いかに相手をうまく倒すかを目的とする剣術は、人の身体のことも学ぶ。人は三日水を取らなければまともに動くことができなくなり、五日食わなければ身体の切れがなくなってくる。

「それを防ぐには、沢に近いところ」

沢は水を得られるだけでなく、沢蟹ややごなどの昆虫がいる。水分と食料の確保がしやすい。といったところでぎりぎりになるが。

沢の水は腹を壊しやすく、蟹や昆虫では量が足らないだけでなく、米や麦を喰っているよりも力が出ない。

「もう少し放っておけば、向こうから出てくるか、あるいは郷を離れて江戸へ帰ろうとするだろうが、それを待っているだけの余裕がこちらにはない」

下手人でもあり、最大の証言者でもある左門友矩が幕府の手に落ちれば、柳生家は終わる。

「お家騒動の咎めをくだす」

裏で家光が糸を引いていたという証拠はないし、どれほどの責め問いを受けようとも左門友矩が家光の名前を出すことはない。

「吾が郷に戻って来なければ、とっくに江戸へ向かっていただろうが……公方さまのお指図は皆殺しのはず。いや、吾には閨を拒否されたお恨みもあるか」

　家光は執念深い。でなければ、流罪になって領地も家臣も失った忠長を自害に追い詰めたりはしない。子供さえできないように見張っておけば、そのまま放置していても問題ないのだ。

「いい加減、こちらも嫌になっている」

　十兵衛三厳は山狩りというか、左門友矩を探すのに苛立(いらだ)ってきた。しなければならぬ、期限もある。こういった背景を持ちながら、なんの成果ももたらさない探索は、精神をむしばんでいく。

「夜なら大声で叫んでいるだろうな。公方さまの悪口を」

　十兵衛三厳が独りごちた。

「聞こえたら、左門は辛抱できまい」

　効果はありそうだが、これは悪手にもなりかねなかった。

「山のなかだからな。こだまして遠くまで聞こえてしまいかねぬ」

　柳生家の領地近くには幕府領がある。しかも生き残っていた百姓から聞いた話によると、先日幕府領ともめ事を起こし、偶然居合わせた左門友矩が手出しをしたという。

「代官あたりにしてみれば、腹に据えかねることだったろう」

血刀で無理矢理押さえこまれたら、幕府領を預かる代官の面目は丸潰れである。

「そんなところに、公方さまの悪口がこだまとはいえ聞こえたら、なにを言われるやらわからぬ」

大名領に隣接している幕府領の代官は、年貢の徴収や政、治安維持だけが仕事ではなかった。重要な仕事の一つに、近隣の大名領の様子を見張るというのがあった。

「柳生は、公方さまに不満を抱いておるようでございまする」

代官からそう報告されれば、まずいことになる。

「証拠はどこに」

抗弁しようとも、代官はその名前の通り、将軍の代わりである。その言葉は将軍が発したものとして扱われる。もちろん、普段はそのような力を発揮しないが、今の柳生家にとっては鬼門である。代官を刺激するわけにはいかなかった。

「一夜がおれば、名案を出すであろうが……」

十兵衛三厳が小さく微笑みを浮かべた。

「いや、あやつなら、火付けたらよろし。ほな、出てきまっせくらいは言い出しそうだ」

一夜の行動は、十兵衛三厳の常識の範疇にはなかった。

「金になる木を燃やすわけおまへんがな……か」

十兵衛三厳が笑顔になった。

「同じ弟でも、こうも違うか。いや、人は違って当然であったな。でなければ、剣術の流派など生まれぬ。ずっと師匠と同じ型と動きが伝わっていくだけ。それではおもしろくもなんともない。一夜が柳生の血を引きながら、算盤の才を持つ。これも世のなかの不思議であり、要りようなことだったのだろう」

すっと十兵衛三厳が真顔に戻った。

「馬鹿なことを考えている暇などなかったな」

十兵衛三厳がふたたび探索を始めた。

「……少し遠い」

左門友矩は、十兵衛三厳を見下ろす雑木の茂みのなかにいた。

ここまでしておいて、十兵衛三厳との戦いで後れを取ることはできなかった。

「刃を交わせば、なにが起こるかわからぬ」

ここは整備された道場ではなく、足下を木の根が、粘土が、土滑りが不安定にしている山のなかであった。

踏み出した足が木の根で滑るかもしれない、振った太刀が木の枝に引っかかるかもしれない、前に出たとき、木の葉が視界を遮るかもしれない。

などなど不安な要素はいくらでもあった。

もちろん、これらでどうこうなるような半端な修行をしてきてはいない。が、わずかでも意識をそちらに向ける、その隙を十兵衛三厳が見逃すはずもなかった。

左門友矩と十兵衛三厳はどちらも剣の名人であった。ただ、兄弟でありながらすべてが同じではなかった。

純粋に才能という点でいけば、左門友矩が優った。左門友矩は木切れを手にしたころから、剣術の真髄を身につけていた。

六歳の稽古始めからずっと負け知らず、柳生の高弟が三人がかりでかかっても二呼

「一撃で仕留める」

吸ほどで打ち倒す。

「石舟斎さまの再来」

「まさに天賦の才とはこのことぞ」

左門友矩はもてはやされた。

「すさまじき剣」

「動きが見えぬ」

一方、十兵衛三厳は天才とは称されなかった。

言うまでもなく、十兵衛三厳も強かった。道場に出だしてすぐに頭角を現した。しかし、不敗ではなかった。

「参った」

「無念」

そうそう負けることはないが、高弟相手だと及ばないことももままあった。

「もう一手」

「ぜひに教えをいただきたく」

十兵衛三厳は貪欲だった。

勝とうが負けようが、そこからなにかを得ようとする。

他人が千回素振りするならば、おのれは二千回と努力を惜しまなかった。

「このままでは止まる」

やがて道場でいい稽古相手がいなくなるところまで来た。

左門友矩はよほどでなければ、他人と稽古をしない。ただ黙々と型稽古を一人で繰り返す。左門友矩はおのれより弱い者は、相手にする気はなかった。

それでも稀に、立ち合うこともあったが、大概の場合、左門友矩が勝った。

十兵衛三厳は柳生新陰流では、左門友矩に及ばないと考え、ならば他の手立てをと諸国廻国修行に出た。

そこで他流試合を重ね、十兵衛三厳はさらなる高みを目指した。

ここに兄弟でありながら、まったく違った剣士が誕生した。

「………」

左門友矩はじっと気配を殺して、十兵衛三厳を待ち伏せた。

「出てこい、左門」

十兵衛三厳は潜む左門友矩をあぶり出すため、大きな声をあげた。

「…………」

左門友矩がそれに応じるはずはなかった。

不意を打つために身を潜めているのだ。呼びかけに応じて出ていけば、今までの隠形が無駄になってしまう。

「いつまでも身を潜めてはおれまい。水はどうする、食いものは。体力が落ちれば、剣の腕の差など、容易にひっくり返るぞ」

十兵衛三厳が左門友矩の弱点を突いた。

「すでに江戸へ報せは出した。今ごろは父と対策を練っているだろう。父は老練ぞ。公方さまがどこまでお保ちになるかの」

この辺りに左門友矩がいると、十兵衛三厳も感じている。

十兵衛三厳が続けた。

「誰が江戸へ行ったか知っているか。一夜よ。そう、そなたの一撃をかわしてみせた一夜だ。あやつが一筋縄ではいかぬことは、そなたもわかっているだろう。一夜の世渡りが父に加わったとき、柳生家は無敵」

「…………」

殺し合いとなったとき、卑怯も未練もかかわりない。どのようなまねをしてでも生き残った者が勝ちである。

当然、左門友矩もこれが十兵衛三厳の罠だとはわかっている。

そもそも剣士として一流になるだけの素質があれば、言葉に惑わされるようなやわな精神はしていない。

いや、修行を重ね、心を鍛えることで動揺しなくなっていくのだ。

といったところで、人は神仏ではなかった。どれだけの名僧高僧でも心を波立たせずに居続けることは難しい。

「堀田加賀守どのたちは、どのようになさるだろうな」

十兵衛三厳が左門友矩にとって寵愛を競う相手の名前を出した。

「知っているか。加賀守さまはそなたを諸国巡検使に任じて、薩摩、琉球へ向かわせようと公方さまへ進言なされたそうだ。そうすれば、柳生での幽閉から解き放てると公方さまを説き伏せられたらしい。おもしろいだろう」

わざと十兵衛三厳が笑い声をあげた。

「薩摩、琉球の巡検にどれだけのときがかかるか。まさか、足を踏み入れただけで戻りましたが通じるとは思っておるまいな。諸国巡検使は、その場に行って視察をし、そこにある非違、問題を明らかにするという役目だ。行って帰ってだけなら、使者番ですむ。わかったか、江戸へ戻るには、それにふさわしいだけの功績を立てねばならぬ。幕府の隠密でさえ、届かぬとされている薩摩、我が国に恭順しているとはいえ、海の彼方の異国琉球。一年、二年では無理だろう」

十兵衛三厳が左門友矩の心を攻めた。

「十年で帰ればましだろう。十年、そのときそなたの容色はどうなっている。いや、公方さまが、あらたな寵童を作っていないと言えるか」

「だ、黙れえ」

家光のことを出された左門友矩が、我慢しきれずに飛び出した。

「出たな。なれば、殺し合おうぞ」

十兵衛三厳が太刀を抜いた。

第四章　関所の東西

一

箱根(はこね)の関所を女がこえるのは至難の業であった。

入り鉄炮(でっぽう)に出女というのは、ただの慣用句ではなかった。

「手形と髪型が違う」

「人相書きにほくろについては描かれておらぬ」

些細(ささい)な差異を関所番は見逃さないし、許しはしない。

もし、通過を否認されれば、もう一度戻って新たな通行手形を作成し直さなければならなくなる。

ここまでうるさいのは、江戸で人質代わりにしている大名の妻や娘が逃げ出すのを警戒しているからであった。

「……通ってよい」

「おおきに」

「ありがとう存じまする」

永和と佐夜はすんなりと関所を通れた。

「さすがは駿河屋はんのお名前や」

関所の門を出たところで、永和が感嘆した。

永和と佐夜の通行手形は駿河屋総衛門が用意したものであった。

「当たり前だ。どこの通行手形の身元保証人に老中首座さまの名前があると」

じとっとした目で佐夜が永和を見た。

「あはっ」

「笑ってごまかすな」

佐夜があきれた。

「そろそろかなあ」

笑いを消した永和が言った。

「であろうな」

佐夜が感情を消した表情で同意した。

「……来たぞ。二人だな」

すぐに佐夜が感じ取った。

「思ったよりも早いなあ」

永和が苦い顔をした。

「伊賀者は不眠不休で五日くらいは動ける」

「元気なことで」

述べた佐夜に、永和が嘆息した。

「道端でいきなりは襲ってけえへんやろ」

「他人目がありすぎるからな」

佐夜が首肯した。

二人は一夜に会うために江戸へ行き、主膳宗冬に目を付けられた。

「淡海さまなら、大坂へ帰られましたよ」

　駿河屋総衛門から教えられた二人は大坂へ戻るために江戸を離れたが、主膳宗冬の命を受けた伊賀者が追ってきていた。

「関所も近い。少なくとも関所が見えなくなるまでは手出しをしてくるまい」

　佐夜が推測した。

　関所にいる足軽や小者、番方では伊賀者の相手にならないが、皆幕臣である。とくに関所は幕府にとって大事な守りでもある。ここに手出しをしたら、幕府が黙ってはいない。

「伊賀者だと……」

　もし身元がわかれば、どうなるか。

「滅ぼせ」

　織田家がおこなった伊賀狩りが、徳川の世で繰り返される。そのとき先兵となるのは、伊賀の国を領している藤堂家であり、幕府伊賀者になる。

「となると、あそこやな」

　ちらと永和が前を見た。

「どうする。逃げ切れぬぞ」

「そんなもん、最初からわかってる」

責めるように言った佐夜に、永和が言い返した。

「佐夜はんを囮にして、あたしだけが逃げるなんぞ、誰が許してもあたしが許せんわ。きっと生涯後悔するし、まちがいなく一夜はんの顔を見られへんなる。生き延びても女としては終わり」

佐夜の提案を永和は関所をこえる前に拒否していた。

「だが、このままでは二人ともやられるぞ」

「わかってるわ。考えがあるねん」

声を固くした佐夜に永和が返した。

「考え……」

「大坂商人の娘やで、あたしは」

永和が胸を張った。

「金か」

「そうや」

読み取った佐夜に永和がうなずいた。

「見ときや」

永和が懐から銭入れを取り出した。

「……………」

佐夜が永和を見た。

「旅人も多い、関所を出たところで茶屋も並んでる」

永和が状況を確認した。

「なあ、佐夜はん」

「なんだ」

「このあたりの顔役はどこやと思う」

並んでいる茶店、馬借屋、荷持ち人足などに佐夜が目をやった。

「……あの馬借だろう」

すぐに佐夜が選び出した。

「やっぱり」

同じ意見だと永和がほほえんだ。

「ちなみに、伊賀者は今関所を出た武家やな」

「そうだ。二人連れの武家だ。関所を通るには、武家が早いからの」

念を押した永和に佐夜がうなずいた。

民と女にはうるさい関所だが、武家には甘い。

「どちらの家中か、目的地はどこか」

武家はその質問に答えるだけでよく、通行手形は不要であった。

他にも通行手形の要らない者はいた。

一つは関所近隣の住人で、仕事や所用で関所を通過しなければならない者たちである。三島に住んで、小田原へ奉公に通う、あるいは関所を挟んだ反対側に田畑を持つ百姓などがそれにあたる。

もう一つが、遊芸を生業とする者であった。軽業師、講談師、手妻使い、鳥追い女、歩き巫女など、定住をしない者は、手形を出してもらうことができない。手形は身分と住居を証明保証するものでもあり、祭りを追って全国を旅する旅芸人には縁がなかった。

では、どうするのか。

旅芸人は、関所役人の前で芸を見せるだけでよかった。

「なかなかのものであった」

修練を積んだ軽業や手妻は、一日や二日でものにはならない。それだけ長く芸人をしている証明になった。

鳥追い女や歩き巫女といった類いは、三味線が弾けるか、奉納舞が踊れるかで判断はされなかった。これならば、少し学べば誰でもできるからだ。

「やって見せよ」

関所番の合図で、鳥追い女は三味線を弾き、歩き巫女は舞を舞う。

「…………」

このときにわざと鳥追い女も歩き巫女も、大きく股を開く。

ようは秘所を見せるのである。

もし、これが鳥追い女や歩き巫女に扮した大名家の姫だとかだと、他人に密かどころを見せることはできない。見られただけで恥を雪ぐとして自害するくらいの考えかたを身に染みこまされているからである。

「……よし」

関所番がたっぷりと楽しんでから、ようやく許可が出る。

手間がかかる。

しかも、旅芸人は人扱いされないので、順番は後回しになる。旅芸人に扮するくらいは忍にとって簡単なことだが、時間がかかってしまうという欠点があった。

それに比して武士は違った。

「お先にどうぞ」

普通に並んでいても、前にいる旅人が順番を譲ってくれる。

「大和柳生家淡海一夜、国元へ戻る途中でござる」

「通られよ」

そのうえ検めはないに等しい。

ならば誰でも武士を装えばいいと思われるが、それほど甘くはない。武士には外からわかる特徴があった。

武士が武士たる証である両刀、これを差して歩くと一目で本物かどうかがわかる。左腰に両刀というおもりを下げている武士は、どうしても歩くときに左へ傾いてしまう。それでは歩きにくいので、無理矢理右へ身体を傾ける癖が付いてしまう。これを関所番はしっかりと見抜く。

一応武士と同じ形をすることが許されている忍は、当然この癖になじんでいる。当然、関所はすんなりと通過できた。

「ほな、仕込みを」

永和が街道の顔役と目された馬借のもとへ近づいた。

「馬かい」

馬借はその名前の通り、馬を貸すのが商売である。馬借が永和に問うた。

「へえ。女二人ですねんけど、乗れますやろうか」

目で永和が佐夜を示した。

「箱根の峠馬だ。女二人くらい、軽い軽い」

馬借が胸を張った。

「ほな、三島までお願いいたします」

「一分になるぜ」

うなずいた永和に馬借が手を出した。

一分は一両の四分の一、銭にして一千文になる。人足を一日雇って二百文ほどなので、かなりの高額だが、山道で女二人分となれば、相場よりも少し高いくらいであった。

「では、これを」

「小判……一両。朝一番でこれだと、釣りがねえ」

永和が出した小判に馬借が戸惑った。

「お釣りは要りまへん」

「えっ」

馬借が目を剝いた。

釣りが支払金額の三倍、それを心付けにするというのは、街道商売になれている馬借を唖然とさせるに十分であった。

「ふざけているのか」

「いえ。その代わりお願いが」

声を低くした馬借に、永和が声を潜めた。

「願い、言ってみな」

金額が大きすぎるだけに、馬借が警戒した。

「顔を向けんとってくださいな。今、関所を出たところに二人のお武家はんが立ってますやろ」

「……ああ。あいつらがどうかしたのか」

「小田原からずっと付けてきて……少しつきあえと」

訊いた馬借に永和が告げた。

「まあ、おめえさんたち二人は、なかなか見ない美人だからな」

馬借が納得した。

「だけど、武士に手出しはできねえぜ」

まだ戦国の気風は色濃く残っている。武士ともめ事を起こして斬りつけられて怪我をした者は多い。なかには殺された者もいた。

「邪魔だけでよろしいねん」

「ふうむ」

永和に頼まれた馬借が腕を組んだ。

「うまくいくとは限らねえし、それほどときを稼げるとも言えねえが……」

「それで結構で」

難しそうな顔で言った馬借に永和が一礼した。

「おい、権太（ごんた）」

馬借が地面に座っていた配下に声をかけた。

「なんじゃい、親方」

「この娘二人を三島まで送りな」

気怠（けだる）そうな権太に馬借が命じた。

「酒手はもうもらっている。強請（ゆす）るんじゃねえぞ」

「へい」

権太が立ちあがって、繋（つな）いでいた馬の手綱を解いた。

「佐夜はん」

「……ああ」

永和に手招きされた佐夜が近づいてきた。

「乗ってくだせえ」

小腰を屈（かが）めた権太が二人を促した。

「尻押しなら不要」

権太が両手を広げている意図を見抜いた佐夜が、軽く馬の背に飛び乗った。

「永和」

「お願い」

片手で馬の首に摑まりながらもう一方の手を伸ばした佐夜へ、永和が両手を差し出した。

「合わせろ。行くぞ、跳びあがれ」

「あい」

軽く膝を曲げて跳んだ永和を佐夜が引きあげた。

「へっ……」

若い女の尻の感触を楽しもうと考えていた権太が、間の抜けた声を漏らした。

「さっさと行かねえか」

呆然としている権太を馬借がどやした。

「……へい」

不満そうに権太が手綱を持って歩き出した。

「まったく、仕事は半人前のくせに色気だけは二人前だな」

馬借が嘆息した。

「さてと」

立ち止まっていた二人の武士が、馬の出発に合わせて動き出したのを見届けた馬借が、腹巻きのなかを確認した。

「足りるか」

不安を持ちながら、馬借が街道へ出た。

「ころあいはよし」

関所は日の出から日の入りまでしか開いていない。それを目指して旅人はやってくるため、どうしても一時に集まってしまう。

「金だあああ」

狙いの武士が間合いに入ったところで、馬借が手持ちの銭を撒(ま)き散らした。

「拾った者のもんだぞ」

「うおっ」

「俺のだ」

「どけっ」

たちまち旅人だけでなく、茶屋の者たちや他の馬借も飛び出してきて金に群がった。

「なんだ」

「道を空けろ」

永和と佐夜の後を追っていた伊賀者が、足下から周囲で狂奔する連中に戸惑った。

「武士が金を拾ったぞ」

そこへ馬借が追撃を加えた。

「返しておくんなせえ、あっしの金」

「お恵みを」

銭を拾えなかった連中が伊賀者に縋（すが）った。

「触るな」

「どけ、どかぬかっ」

これだけの数を相手に、無礼討ちをするわけにはいかなかった。なんといっても関所の門番から見えている。刀を抜けば、ただちに駆けつけてきて事情を訊かせろとなるのはまちがいなかった。

「ええい、跳ぶぞ」

「いかぬ。目立つ」

業をにやした一人の伊賀者が集まっている連中を跳び越せばいいと言い出したのを、もう一人が止めた。

「後生です。お金を」

すがりつく女も出てきた。

「くそっ」

「やられたわ」

二人の伊賀者が、この策が永和のものだと気づいて歯がみをした。

「なかなかやりまんなあ」

遠ざかっていきながら、永和が馬借の手腕に感動した。

「それほど稼げぬぞ」

馬に乗っているが、走っているわけではない。人が歩くのとさほど変わらない速度である。すぐに追いつかれると佐夜が口にした。

「馬に乗ってるからですわ。降りまひょか」

「わざと馬に乗って見せたか」

佐夜が永和の言葉から読んだ。

二人を見失った伊賀者は、馬に乗った女を目標にする。それを永和は利用しようとしていた。

「ほな、これあげるさかい、ちゃんと三島までいってや」

永和は権太に豆板銀を一つ握らせた。

「へ、へい」

「脇道はわかりますか」

離れていく権太を見送った永和が、佐夜に問うた。

「任せよ」

佐夜が首肯した。

二

飛び出してきた左門友矩(さもんとものり)に、十兵衛三厳(じゅうべえみつよし)は冷静に対処できた。

「……ふっ」

山のなかで見つけていた小石を十兵衛三厳は礫に使った。

「…………」

軽く首を傾けて左門友矩がかわした。

「ふん、ふっ」

十兵衛三厳はそれでも礫を打ち続けた。

礫は別名印地ともいい、上手が投げればかなりの威力を出した。目に当たれば失明、腹に当たれば気絶、喉に命中すれば命さえ危ない。

「なんの、このていど」

だが、そのすべてを左門友矩はかわし、打ち払った。

「もう一つ」

少し大きめな石を十兵衛三厳が打った。

「ええい、うるさい」

左門友矩が太刀の峰でこれを叩き落とした。

「いい加減にせよ。無駄だとわかっているだろうが」

真っ赤な顔で左門友矩が怒鳴りつけた。

「堂々と勝負せよ」

左門友矩が太刀の切っ先を十兵衛三厳へと向けた。

「山中に潜んで待ち伏せしていたそなたには言われたくないな。いや、なによりおのれより格下とわかっていた家臣どもを斬殺したそなたに、剣の道を正義を口にする資格はない」

もとより十兵衛三厳も石投げていどで、左門友矩がどうこうなるなどとは思っていない。これはより左門友矩をいらつかせるための方策であった。

「上意じゃ」

「証はあるのか」

言い切る左門友矩へ十兵衛三厳が詰問した。

「公方（くぼう）さまのお言葉を疑うと申すか。それればかりは兄といえども許すわけにはいかぬ」

「最初から殺すつもりだろうが」

ここまできて兄弟だと口にした左門友矩に、十兵衛三厳が苦笑した。

「柳生は天下に不要と公方さまはご判断なされたのである」

左門友矩が陶酔した表情を浮かべた。

「不要という点には同意するがな。やりようが天下の将軍家の手法ではあるまい」

十兵衛三厳が首を横に振った。

剣術は飽食と相容れない。過去、念流という剣術を編み出したとされる僧慈恩、陰流を興した愛洲移香斎、新陰流の祖上泉伊勢守らは皆、根付くところを持たず、放浪とともにあった。地方へ出向いては、寺社の軒先を借りて寝泊まりし、在所の領主たちに招かれて剣術の手ほどきをして糊口を凌ぐ。愛洲移香斎にいたってはそれさえせず、髪を梳らず、水浴びをせず、着た切り雀のぼろを身に纏い、天狗妖怪の類いとして怖れられたと言われている。

こういった苦労を重ねて、先人たちは剣を極め一流をなした。

おのれも廻国修行をしたことで、十兵衛三厳もこちらに近い考えを持つようになっている。

その十兵衛三厳からみれば、禄にしがみつき将軍家の機嫌を窺い、他の大名との遣り取りに腐心し、素振りさえおろそかにしている父但馬守は、剣術遣いではなかった。

「公方さまを誹るなど天下の大罪である。天に代わって成敗してくれる」

左門友矩が剣を大上段にかまえた。

「……のったか」

十兵衛三厳が太刀を抜いて青眼に取りながら、口のなかで呟いた。

腕では半歩及ばない。まともに戦えば十回に一回勝てるかどうか。十兵衛三厳にとって左門友矩は強敵であった。

そこで十兵衛三厳は左門友矩を追い詰めることにした。すでに山中に潜んで長い。身体はかなり疲れているし、精神もすり減らしている。それでもまだ十兵衛三厳は左門友矩に届かないと読んでいた。

「あと一押し」

十兵衛三厳は左門友矩との差を完全に埋めるため、わざといらつかせるような言動を重ねた。

人は怒れば頭に血がのぼり、正常な判断ができにくくなる。

左門友矩の得手である千変万化の技は、相手の動きを見て最適な対処を選ぶことで必殺になっている。当然、心は風のない湖のように凪いでいなければなしえない。その冷静さを十兵衛三厳は崩した。

「柳生を滅ぼした後、そなたは何と名乗るつもりだ。まさか、のうのうと柳生刑部少輔と名乗り続けるつもりではなかろうな」

さすがに実家を滅ぼした者が、その姓を名乗るのは世間体からもまずかった。

「なるほど、蛍か。蛍を名字に公方さまから賜るといい。ふふふ、蛍刑部少輔とは噴飯ものよ」

蛍というのは尻の光で出世した者という意味を持ち、主君の男色相手を蔑する呼称であった。

「おのれがあああ」

十兵衛三厳の止めの悪口に、左門友矩が切れた。

「りゃああ」

普段息づかいさえ見せずに相手を倒す左門友矩の口から、気合い声がほとばしった。

「…………」

策にはまったとはいえ、まず天下第一等の剣術遣いの左門友矩の斬撃である。わずかでも隙を見せれば、十兵衛三厳の命はない。

十兵衛三厳はその太刀筋を見つめて、身体を右に開いて一撃をかわした。

「くそっ」

かわされたとわかった瞬間に左門友矩の切っ先が、跳ね返ってきた。上段からの一撃が外れた瞬間に切っ先を翻し、跳ねあがりの一刀に変化する。柳生新陰流の奥義(おうぎ)の一つ竜尾の剣であった。

「見抜いておるわ」

煽(あお)るように言いながら、それも十兵衛三厳はかわした。十兵衛三厳も竜尾の剣は使える。その動きを予測するくらいはできた。

「卑怯者(ひきょうもの)に墜(お)ちたそなたの剣など、敵ではないわ」

十兵衛三厳は左門友矩が冷静にならないように、罵声を浴びせ続けた。

「勝てぬくせに傲慢な」

左門友矩が柳眉(りゅうび)を吊(つ)りあげた。

「えいっ」

竜尾を外された左門友矩の体勢が整う前に、十兵衛三厳が小さく太刀を振って小手を狙った。

手首、太股(ふともも)、脇など大きな血管が通っている身体の内側を狙う柳生新陰流の奥義内転は、大きな動きをしなくていいため、疾い。

「ちっ」

左門友矩が狙われた左の手を刀の柄から離して、これを避けた。

「いつもより動きが粗い」

十兵衛三厳は左門友矩の動揺を悟った。

「おうりゃあ」

片手になった太刀を、左門友矩が大きく薙いできた。

「雑なり」

刀の柄で十兵衛三厳がこれを受け止めた。薙ぎを避けるには低く屈むか、高く跳ぶか、大きく後ろに下がるかしなければならず、足下の不確かな山中でしてよい行為ではなかった。

太刀を太刀で受け止めると、刃が欠ける。切れ味は剃刀に勝るといわれている日本刀の刃先は薄い。わずかな当たりでも欠けてしまう。そして刃先の欠けは、いざ相手に太刀が届いたとき十分な切れ味を出せずに致命傷を与えられなかったり、衣服に引っかかって止まったりする。

十兵衛三厳はそれを嫌った。一瞬のできごとが勝負を左右すると十兵衛三厳は考えていた。

「逃げるな。上意討ちじゃぞ」

左門友矩が焦りを強くした。

「上意討ちならば、見届けが要ろうが」

恣意（しい）での上意討ちを防ぐため、正式な上意討ちには、かならず見届け人が付いた。

「公方さまのお望みである。首を差し出せ」

かわし続ける十兵衛三厳に左門友矩が不満を募らせた。

「目を覚ませとはもう言わぬ。手遅れよな」

十兵衛三厳が左門友矩の袈裟懸（けさが）けをよけ、腰を落とした。

「柳生新陰流の名のため、死んでいった者たちの供養のため、そなたを斬る」

「できもせぬことを」

宣した十兵衛三厳に左門友矩が言い返しながら、突っこんできた。あっという間に二人の間合いはなくなった。

「……なにっ」

最後の一歩と踏み出した足がふらついた。左門友矩が寸瞬戸惑った。

「足場を崩していたことに気づかなかったとはの」

十兵衛三厳は左門友矩の攻撃をいなしながら、足下の地面を荒らしていたのであった。

落胆とともに十兵衛三厳が、太刀を突き出した。

「くっ」

すでに間合いに入っている。この距離でもっとも疾い一撃とされている突きをかわすことは、いかに左門友矩でもできなかった。

それでも類い希な才能を誇った左門友矩である。胸の中心を狙った切っ先を、無理矢理身体をひねることで、ずらしてみせた。

「これを外すとは見事な」

必死となる喉は小さくわずかな動きで避けられてしまう。大きな胸を目標としたのは、左門友矩がこのまま切っ先を受けるとは思っていなかったからであった。

「天晴れながら、もうどうしようもあるまい」

致命傷にはならなかったとはいえ、右胸に深々と刃の切っ先が埋まっている。どうあっても助かることはない。

「……まだだ。吾(われ)は公方さまのご諚(じょう)を果たさねばならぬ」

肺腑(はいふ)が傷ついているからか、血を口から吐きながら左門友矩が述べた。

「哀れな……」

十兵衛三厳は小さく頭を横に振った。

家光(いえみつ)の誘いを拒否して不興を買った十兵衛三厳の代わりに、御側(おそば)へあがったのが左門友矩である。いわば十兵衛三厳の犠牲となったのだ。

「吾を恨むがよい。左門」

いつまでも苦しませておくのは、剣士としても、血を分けた兄としても忍びなかった。そう言って十兵衛三厳は太刀を一度抜こうとした。

刀は刺さってしばらくすると肉が巻き付いて抜けなくなる。それくらいのことは十兵衛三厳もわかっている。

「さ、させぬ」

血の気の失(う)せた顔でそう言った左門友矩が、胸の筋に力を入れた。こうすれば太刀は筋に挟まれた形になり、まず抜けなくなった。

「………」

十兵衛三厳は大きな失策を犯した。

抜けないとわかった瞬間、太刀を捨てて脇差に持ち替えるべきであった。

「くっ」

そのことに気づいて、太刀を捨て脇差の柄に手をかけた十兵衛三厳が、突き飛ばされた。

「……十兵衛三厳、神妙にいたせ」

胸から太刀をはやしたままで、左門友矩が片手で太刀を振り下ろした。

「しまった」

わずかなことで殺し合いの優劣は逆転する。

地に尻を突いた姿勢の十兵衛三厳には、その一刀を防ぐすべはなかった。

「成敗」

あくまでも上から左門友矩が言葉を発しながら、斬りつけた。

「な、なにがっ」

「がっ」

左門友矩の思った太刀筋は、右胸にはえている太刀に邪魔されて、左にそれ、真っ向幹竹割(からたけわ)りにされるはずだった十兵衛三厳の右目を割いてから流れた。

「おのれっ」

左門友矩が怒りのあまり、素手のまま右胸から太刀を抜こうとした。

「あああ」

太刀を握っただけなら、まだ傷ですんだ。しかし、左門友矩はおのれに刺さった太刀を抜こうと右手を動かしてしまった。

左門友矩の右手の指が、すべて第二関節のところからなくなった。

「指が、指が。公方さまが白魚のようだと褒めてくださった指がああ」

血まみれになった右手を左門友矩が眺めて嘆いた。

「はあ、はあ」

十兵衛三厳が痛みをこらえて、脇差をしっかりと握った。

ここに差が出た。

左門友矩は傷口を嘆いて、血を止めようと反対側の手で押さえたのに対し、十兵衛三厳は傷口には一切手を触れなかった。

「こやつがああ」

大声を出した左門友矩が、もう一度片手で太刀を振りあげた。

「……あっ」

血で濡れた手が、勢いよく扱った太刀の柄を摑みきれず滑った。

「あ、あ、あ」

左門友矩が得物を失って混乱した。

「……城中で生きてきたそなたの足りぬところがわかったであろう。戦場では傷つくことなどは当たり前。そのとき手で傷を触ることはやってはならぬのよ。血が手に付けば、得物が滑る。戦場で得物を落とせば……死あるのみ」

「ま、待て。この身は公方さまのものぞ。それを傷つけるのは不忠の極みで……」

十兵衛三厳が左門友矩へ語りながら、脇差の切っ先を突きつけた。

「不忠はそなたよ。公方さまを惑わせた罪、購うがよい」

左門友矩が命乞いをしたが、

まっすぐに見つめながら、十兵衛三厳が脇差に力を入れた。

「くひっ」

天下の美男、傾国とまでうたわれた左門友矩の最期は醜い形相であった。

「……終わった」

十兵衛三厳が尻を突いた。

「寵愛を受け始めて十年、柳生家の危難はようやく去った」

ほっと十兵衛三厳が安堵の息を漏らした。

「されど……」

十兵衛三厳が倒れている左門友矩を見つめた。

「憐れなり、左門。柳生のために人身御供となり、柳生のために誅される。まさに柳生に翻弄された生涯であったな」

瞑目して十兵衛三厳が、手を合わせた。

「許せとは言わぬ。言えぬ。ただ、忘れぬぞ。左門の剣を」

よろよろと十兵衛三厳が立ちあがった。

「左門と一夜、扱いは違うが……二人を犠牲にしてまで、維持せねばならぬのか、家というものは」

十兵衛三厳が嘆きを続けた。

「武芸者であるならば、縋りつくべき家は不要。家を守りたいならば、武芸者を名乗ってはならぬ」

左門友矩の胸を貫いている太刀を十兵衛三厳が抜いた。

三

箱根の関所をこえたところで、追跡者の足止めができるのは、半刻(はんとき)(約一時間)たらずだと佐夜はよくわかっていた。

「江戸へ戻る」

街道から外れて姿が見えなくなったところで、佐夜は永和に告げた。

「あいな」

なにも訊かず反論することもなく、永和が承知した。

「草を踏むな。土だけに足を下ろせ。跡が目立つ」

「難しいことを言うなあ」

口を尖(とが)らせた永和だったが、足下を見ながら指示どおりにした。

「音を立てるな」

「枝を揺らすな」

「無茶やで、あたいは信濃屋のいとはんやで」

立て続けに指示する佐夜に、永和がため息を吐いた。

「死んだほうがましやったという目に遭いたいのか」

「……………」

佐夜の言葉に永和が黙った。

女にとって、死んだほうがましといえば、貞操を汚されることである。

「主膳に組み敷かれることになる」

江戸を出ることになったのは、佐夜の美貌に主膳宗冬が目を付けたことが引き金であった。

「舌噛んでやるわ」

「そのていどの覚悟では、意味がない。一応あれでも柳生新陰流の一門ぞ。女の気を失わせたり、顎を外したり、容易にする」

「……………」

佐夜に言われた永和がふたたび沈黙した。

「わかったなら、静かに急げ」

「……わかった」

急かされた永和が、口を引き結んで歩き始めた。

足止めをなんとか抜けた伊賀者二人は、目立つのも気にせず街道を走った。

「馬でもさほど速くない」

「女二人を乗せていては、歩くよりましなていど」

二人は焦っていなかった。

「なにより目立つ」

馬は人体の数倍大きいうえ、乗っている者はかなり高い位置になる。

それこそ、かなり遠くからでも見つけられる。

「……馬がいた」

「誰も乗っておらぬぞ」

さほどのときをかけず、二人は馬に追いついた。

「おい、馬引き」

「止まれ」

伊賀者が馬を前後に挟んで、制止した。

「な、なんじゃ」

権太が顔色を変えた。

「女はどうした」

前に回った伊賀者が、権太に問うた。

「えっ、えっ」

武士に迫られたことなどない権太が恐慌状態になった。

「さっさと答えろ」

背後に立った伊賀者が権太を急かした。

「ひえっ」

後ろから怒鳴られた権太が怯(おび)えた。

「おいっ」

手間取った伊賀者が切れて、太刀を抜いた。

「殺されたくなければ、答えよ。乗せてきた女二人はどこへ行った」

「……女ならば、とっくに降りていきやした」

「降りただと。どこへ行った」

権太の話に伊賀者が顔色を変えた。

「か、間道を下って三島へ向かうと」

「ちっ、佐夜か」

「まだ追いつけよう。佐夜だけならば難しいが、足弱な女を連れている。一刻（約二時間）ていどの差ならば、半刻もかからぬ」

震えながら応じた権太から二人が目を離して口にした。

「急げ」

「おう」

二人は街道を外れ、林のなかへと分け入った。

どれだけ険しい峠道でも、主要街道以外に間道はあった。近隣の百姓、猟師たちが使ったり、なかには他人目に付きたくない世間をはばかる者、犯罪者も通る。

とくに箱根は間道が多かった。

関所の役割は、江戸から逃げようとする大名の人質を捕らえ、西国から持ちこまれる武器を阻止するのもそうだが、基本として罪を犯した者たちの発見も仕事であった。

当然、犯罪者たちは関所を避けようとする。関所は主街道を塞ぐように建っているので、そこから離れた山中を利用しようと考える。それが間道であった。

もちろん、関所番もそれくらいは百も承知である。

どこにどのように間道があるかは、十分に把握していた。

とはいえ、のべつまくなしに間道を見張ったり、巡回するだけの人員はいない。

「人の気配が」

「妙な奴を見かけました」

狩人や近隣の住人が、間道を注視しており、なにかあればすぐに関所へ届け出た。

「関所破りか。逃さぬ」

報せを受けるとすぐに関所から、関所番士、足軽、小者が出て、間道を抜けようとする者を追いかける。

いうまでもなく、間道に精通している関所番たちから逃げおおすことは難しく、関所破りをしようとした者のほとんどは捕まえられ、極刑に処されることになった。

それでもまともに関所を通りたくない者は後を絶たなかった。

「永和」

「なんなん」

間道を進んでいた佐夜が、永和を制した。

「人がいる」

「……善人やなさそうや」

永和も緊張した。

「善人は前後を気にして、足音を忍ばせぬ」

「面倒になりそうやなあ」

佐夜の口調から永和が予感した。

「あやつは街道に慣れておらぬ。周囲に気づかれぬように慎重である」

「足が遅いと」

永和が嘆息した。

「追いつかれるぞ」

真剣な表情で佐夜が言った。

「三島へ向かったんと違うん」

　辺りの草を踏んだり、小枝を折ったりと佐夜は峠を下ったと見せかける工作を手早くではあるが、やっていた。そのことを永和が指摘した。

「あのていどでだませるのは、せいぜい五丁（約五百五十メートル）。その辺に潜んでいないかを確認するのに多少の手間はかけるだろうが、稼げて半刻……いや、少し厳しいか」

　佐夜が厳しい見方をした。

「半刻かあ、そらまずい。わたいの足が邪魔になる」

　しっかり永和はおのれが佐夜の足手まといになっているとわかっていた。

「置いてはいかぬぞ」

「先回りしいなや」

　佐夜が永和の考えを見抜いた。

「しゃあけど、そうせんと二人とも捕まるで」

　永和の言葉は正しかった。

「さっきと同じことを返すぞ。そなたを捨てて逃げてみろ。無事にたどり着いたとして、淡海どのがわたしを受け入れてくれると思うか」

「……あかんやろなあ。なんやかんや言うても、一夜はんはお優しいさかい」

佐夜の危惧を永和も認めた。

「ならば、やることは一つ」

すっと佐夜の目が怪しい男に向けられた。

「殺したらあきまへんで」

永和が制限を付けた。

「なぜだ。どうせ、世間に顔向けできぬ悪人だぞ」

「たしかに碌でもない男でしょうけどなあ。殺すと佐夜はんとあたいが下手人になってしまいます」

怪訝な顔をした佐夜に永和が首を横に振った。

「一夜はんとの子供が欲しいことおまへんか」

「母になると言うか、吾が」

永和に言われた佐夜が息を吞んだ。

「男と女でっせ。やることとしたら、できますがな。そのとき、母親が下手人やったらどないします。産まれてくる子供に顔向けできませんやろ」

「産まれてくる子供……」

佐夜が繰り返した。

「殺さなければいいのだな」

「多少のことなら……なにせこちらはか弱い女二人でっさかいなあ。必死に抵抗した結果となれば、御上も無慈悲なまねはできませんやろ」

念を押した佐夜に永和が答えた。

「そなたもなかなかだの」

佐夜があきれた。

「ええ男を手にするのは、戦って勝たねばなりませんよってなあ」

「普通は女の身体を使うのだろうが」

「それだけで落ちるお方やおへん」

大きくため息を吐いた佐夜に永和が返した。

「じっとしておれよ」

佐夜が表情を変えて、音もなく男へと迫っていった。

四

主膳宗冬は、父但馬守宗矩から叱られて消沈していた。

「分知もなくなるやも」

一人居室で謹慎している主膳宗冬が震えた。

分知とは、本家が所有している領地の一部を分け与えられて独立あるいはそれに準ずる扱いを受けることをいう。

柳生家の当主である柳生宗矩には、十兵衛三厳、左門友矩、主膳宗冬の三人の跡取りがいると公式に届けが出されている。今のところ、柳生家は嫡男十兵衛三厳が継ぎ、左門友矩は家光から新たに禄を与えられての別家と考えられていた。

あらためて言うまでもないが、この相続に一夜は含まれていない。

「あれは柳生の名にそぐわぬ」

「なんでそんな貧乏くじを引かなあかんねん」

柳生宗矩は一夜を剣術の家柄を受け継ぐ者として認めず、一夜は武士になることが偉いなどとは爪の先ほども思っていない。仲の悪い親子だが、この点においては見事に考えが一致している。

そして主膳宗冬は十兵衛三厳から相続のときに、数百石を分けられて分家を立てることになるはずだった。

だが、その主膳宗冬が一夜のことで失策を犯し、状況が悪化した。

「愚か者がっ」

十兵衛三厳には一夜を襲おうとしたところを邪魔されて叱りつけられ、

「役に立たぬ」

柳生宗矩からは無能と断じられた。

とてもこれでは、どちらからも分家を認められそうになかった。

もし、分家が認められなければ、主膳宗冬は臣になって柳生家の藩士になるしかなくなる。言うまでもなく、藩主一門であることから家臣となっても門閥家老か、一族扱いの格別な扱いを受けるだろうが、それでも兄弟との差は歴然となる。

もちろん、家光の家臣として禄をもらっての別家もあるが、それも柳生家の当主である宗矩の許可があればこそである。

「とても御前務まりませぬ」

家光が禄をくれても、それを返上するだけの権を当主は持っていた。

「このままでは……」

主膳宗冬にとって、将来がどうなるかの瀬戸際であった。

「一夜が江戸へ戻ってきたという」

いくら柳生宗矩が口止めをしても、狭い屋敷のなかなのだ。しかも直接一夜と遣り取りをした門番、邸内で出会った家臣、遠目で見た者もいる。なんとなく話は漏れて来た。

「あやつのせいだ」

主膳宗冬が一夜への憎しみを募らせた。

そもそも一夜がおとなしく柳生家の勘定方として、言われたことだけをやっていれば問題はなかった。

「金勘定しかできぬ者が……」

武士は土地に命を懸ける者。一所懸命という言葉が生まれたのは、まさに武家の生き様だったからである。

「金なくて、なにをするねん。いや、なにができるねん」

それを商家の血を引き、そこで育った一夜は真っ向から否定した。

「金がなければ、人も雇えぬ。刀も槍も矢も買われへん。殴り合いで戦をするちゅうのなら、それでもええけどな。ああ、それもあかんなあ。金なしでは米も手に入らへん。空きっ腹で力なんぞでんやろ」

一夜の言うことは正しい。だが、それを受け入れてしまえば、柳生新陰流は成り立たない。

「稽古付けたんねんやったら、束脩もらわな。技術は金になる」

その上、一夜は柳生新陰流を商売の道具にしようとした。

「始祖柳生石舟斎さまが上泉伊勢守さまから学んで、昇華させた柳生新陰流を金儲けの手段にするなど……」

これも許せなかった。

「卑しき生まれ、育ちを恥じ入りもせず、柳生の名前を地に墜とすようなまねをするなど、論外である」

最初から主膳宗冬は一夜を嫌っていた。

「一夜の邪魔をするな」

「同じことができるようになってみよ」

それを柳生宗矩は認めなかった。

「武士は禄さえあればいい」

主膳宗冬は一夜を放逐するように画策した。

「内証が苦しい」

代々柳生家に仕えてくれている家老の松木(まつき)や勘定方は、いつも金が足りないと嘆いている。

その解決のために生まれてから一度も連絡を取っていなかった一夜を、柳生宗矩は無理矢理に江戸へ連れてきたのだ。

父が汚点に近い一夜を手元に呼び寄せるという我慢をしなければならないほど、柳生家の藩庫は危うい。

それがわかっているだけに、主膳宗冬も最初は力に訴えなかった。一夜が柳生家に金を作るまで待とうとした。

「道筋はできた」

どんなに急いでも数年はかかるだろう財政改革を、一夜は数カ月しかかからずに成し遂げた。正確には、まだ結果は出ていないが、無駄を省き、あらたな収入の手立てを構築した。

このとおりにすれば、まちがいなく数年で柳生家の藩政は安定する。

一夜はその役目を一通り果たした。

「まだ、これでは足らん」

だが、一夜は満足していなかった。

「遠からず諸色は数倍に高騰する。泰平になれば、人々の辛抱という箍（たが）は外れ、贅沢（ぜいたく）に流れるからや」

将来の展望を一夜は厳しく見積もっていた。

「もうよい」

しかし、それを柳生宗矩は不要と断じた。

今の足りない収支が好転する。それだけでよく、数年先か数十年先のどうなるかわからない未来（さき）のことなどどうでもよい。これが戦場で命の遣り取りを平然とおこなえる武士であった。明日戦場で散るかも知れないのに、十年先に雨が降ると言われても関係ない。

「明日の米が確保できたならば、それでいい。あとは、一夜が策をそのまま我らがすればよいだろう」

金のことなど誰でもできると柳生宗矩は、一夜を切り捨てる決断をした。

お陰で主膳宗冬は堂々と一夜を襲えた。

「ついに汚らわしき者を一門から放逐できる」

殺してしまえば、そこで血は絶える。まだ一夜は独り身で、子供も胤を宿した女もいない。

「させぬ」

なれど、今度は十兵衛三厳が立ちはだかった。

「吾と遣り合うか」

十兵衛三厳と真剣で戦えば、主膳宗冬はとても敵わない。

こうして主膳宗冬は一夜を屠ることに失敗し、帰邸して柳生宗矩から叱りつけられた。

「雪辱の機である」

主膳宗冬は一夜が一人で江戸へ戻ってきたと知って歓喜した。

「手出しをするな。あやつには堀田加賀守さまが付いている」

本来こういった忠告を与えて、主膳宗冬をおとなしくさせておくべきだった柳生宗矩だが、一夜の報告と会津藩加藤家への対応に思考のすべてを奪われ、釘を刺すのを忘れていた。

「屋敷さえ出てしまえば、誰がやったかわかるまい」

主膳宗冬には一夜を仕留める自信があった。

なにせ一夜は商人、剣術の修行はおろか、真剣を握ったこともない。物心付く前から木剣を手に、毎日稽古を重ねてきた主膳宗冬の敵ではなかった。

「今度は逃がさぬ」

主膳宗冬が決意を強くした。

「一人では逃げられるやも知れぬ」

一夜の逃げ足の速さを主膳宗冬はよく知っている。武士ならば考えられないことだが、背中を向けて逃げ出すことに躊躇がない。勝てるとか、抗うとか、武士としての名誉などに一夜は鼻紙一枚ほどの価値も認めていなかった。

「命あっての物種」

今の一夜ならば、太刀を抜いていようがいまいが、主膳宗冬の姿を見た瞬間に全速力で駆け出していく。

「次はない」

主膳宗冬は、おのれが追い詰められているとわかっている。

今度しくじれば、それこそお家大事の父柳生宗矩は、主膳宗冬を勘当するだろう。

「人手が要る」

主膳宗冬は、屋敷内の道場へと出向いた。

「やっておるの」

道場では多くの門下生が稽古に励んでいた。

「これは主膳さま」

気づいた弟子の一人が稽古を中断して近づいてきた。

「一手お願いしてもよろしゅうございましょうか」

弟子が主膳宗冬に願った。

柳生新陰流道場の主(あるじ)は宗矩であるが、将軍家剣術指南役という役目柄、弟子たちにない。

　ほとんど道場に顔を出さないし、左門友矩は家光が手放さなかったため屋敷自体にい許などを与える儀式のときだけである。また、十兵衛三厳は諸国廻国修行に出て以来、かない。柳生宗矩が道場に顔を出すのは、年始の稽古始めと弟子に折り紙や目録、免指導をすることはまずなかった。将軍と弟子を同じように指導するというわけにはい

　柳生新陰流の弟子たちが一門の指導を受けられる機会は、主膳宗冬が道場に顔を出したときだけであった。

「よかろう。構えよ」

　柳生新陰流の道場は、天下一と讃えられるだけあって、ちょっとした屋敷なみの広さを誇る。町道場のように、稽古試合が始まるので、素振りをしていた者が木剣を収めて、場所を広く使えるようにするといった気遣いは無用であった。

「主膳さまが、お相手をなさる」

　とはいえ、滅多にない機会なのだ。主膳宗冬が稽古試合をすると気づいた弟子たちが、たちまち周りを取り囲んだ。

「見ておくがよい」

　それを主膳宗冬は受け入れた。

　武芸にはどれでも見取り稽古というのがあり、格上の試合を見学するのも修行の一つであった。

「お願いいたしまする」

「参れ」

　稽古試合は格下から撃ちかけるのが礼儀である。

　受け手は鷹揚(おうよう)に構え、先手を譲りながら勝ちを取る。

「踏みこみが甘いぞ」

「右脇が空いておる」

　勝ちを取るだけでは稽古試合にならない。受けるなり、払うなり、かわすなりの対処をしながら、指導をする。それだけの差がないと稽古試合というのは難しく、ただの試合になってしまう。

「頭上が留守である」

　何合か遣り合った後、主膳宗冬が頃合いを見て弟子の頭上に竹刀を置いた。

「ま、参りましてございまする」

弟子が崩れ落ちた。

「うむ。悪くはない。今少し精進すれば、かなりよくなるだろう」

「かたじけなく」

総評を口にした主膳宗冬に弟子が歓迎した。

「次はわたくしめに」

「いや、是非とも拙者に」

順番待ちをしていた弟子たちが、先を争った。

「多すぎるな……そうよ。切り紙を持ちつつ、目録に至っていない者どもを教えようではないか」

少し考えた主膳宗冬が条件を定めた。

「残念」

「拙者ならば、その枠に入りまする」

目録をこえた者が引き、まだもらえていない者が喜色を浮かべた。

「……六、七、八人か」

残った者を主膳宗冬が数えた。

「まずは、お互いに打ち合え」

主膳宗冬が指示をした。

「はっ」

「やりまする」

弟子たちが適当に組を作って、竹刀をぶつけ合った。

「…………」

その様子を、全体が一目で入るように少し離れたところで主膳宗冬が観ていた。

「……あれは派手さだけで腰が高い、駄目だ。あちらも一点に目を固定している。あれではいざというときの対応ができぬ」

主膳宗冬が一人一人を採点していった。

「ふむ。あやつはましか。腰がしっかり落ちている」

一人に主膳宗冬が目を付けた。

「技は拙いが……」

しばらくその弟子を主膳宗冬は観察した。

「りゃあ」

「おう」

主膳宗冬の耳に裂帛の気合いが響いた。

「……目録以上の者は、さすがにできるな」

目録以下と以上では、気迫に大いなる差があった。

天下の柳生新陰流道場、しかも看板を許された子道場ではなく、本道場での目録となれば、どこへ出しても恥ずかしくはない。それどころか藩士ならば剣術指南役や藩主警固の馬廻りに抜擢される。牢人ならば、仕官の道も開けた。

「あの辺りは、勧誘できぬ」

主膳宗冬がため息を吐いた。

柳生の一族である主膳宗冬は、当然のことながら免許皆伝を受けている。ただ、一代一人とされる印可は、与えられていなかった。

そのため、おのれより格下の目録へ弟子を推薦することはできても、免許を渡すことはできなかった。

なにより目録をこえれば、一人前の剣士であり、さらに上を目指す者はそう多くはないのだ。また、目指す者はおのれの力で免許に届きたいと思っている。

「免許へ推してやるから、吾に従え」

などと言っても首を縦に振ることはない。

「ふっ。なにを言われるやら」

「他の御仁にお声がけをいただこうか」

なかには主膳宗冬よりも腕の立つ者もいる。そういった連中は、主膳宗冬を相手にはしてくれなかった。

「やはりこのなかから選ぶしかない」

あらためて主膳宗冬が、竹刀を必死で振っている弟子たちに目を戻した。

「使えそうなのは……二人か」

主膳宗冬が候補を見極めた。

「あとは刃筋を確認すればよかろう」

いくら竹刀を綺麗に振れても、真剣で斬れるとは限らなかった。

かみそりの刃よりも鋭い日本刀だけに、かなり扱いが難しい。とくに斬りつけたとき、刃がしっかりと対象物に直角でなければ刃筋が狂い、存分な切れ味がでなかった。

「それまで。少し息を整えよ。その後、吾が稽古を付けてくれる」

主膳宗冬が手を叩いて、一同の注目を集めた。

指導してやると言って集めたのだ。こちらの用はすんだので解散では、筋が通らない。

「……はっ」

弟子たちが竹刀を降ろした。

「さて、まずはそなたから参ろうぞ」

少し待って、主膳宗冬が竹刀を手に前に出た。

「よろしくお願いをいたしまする」

指さされた弟子が、喜んで従った。

「来い」

「参りまする」

主膳宗冬の許可を得た弟子が、竹刀を振りあげた。

第五章　争いの末

一

堀田加賀守は、家光への報告を遅らせていた。

「十兵衛はんが、後始末をすると言うてました」

一夜の話に、堀田加賀守は一縷の望みを抱いていた。

「左門を討てればよし。万一返り討ちに遭っても、兄を殺すのは、長幼の序を崩したと同じとして、左門を公方さまの御側にふさわしからずと排除できる」

執政という者は、策の成功だけでなく、失敗も勘案して事前の手を打つ。

堀田加賀守は十兵衛三厳の死も策に取りこんでいた。

幕府は忠孝を土台にしている。妻は夫に、子供は父に、弟は兄に孝を尽くすべしというのが幕府の考えであった。当然、次男が長男を斬り捨てるなど、よほど長男に問題でもなければ、通る話ではなかった。

また、家光には長幼の序を乱すことだけは許容できない理由があった。

「家は長兄が継ぐものであり、弟はその臣下として仕えよ」

三代将軍の座を決定づけた徳川家康（いえやす）の言葉は、家光にとって曇天を割る日照であった。しかし、同時に長幼の序はなんとしてでも守らなければならないという呪いでもあった。

「待つということは、要るとわかっていても不安なものじゃの」

堀田加賀守が嘆息した。

「人を出すか」

別段、十兵衛三厳にも左門友矩にも味方する気はない。ただ、現況を見て来るだけの配下を出すかどうかで堀田加賀守が悩んだ。

「……埒（らち）があかぬ。このように逡巡（しゅんじゅん）する手間が無駄じゃ」

二呼吸ほどで堀田加賀守が決断した。

「誰ぞ、これへ」

堀田加賀守が声をかけると、廊下で見えないように控えていた近習（きんじゅ）が小走りで現れた。

「御用でございましょうか」

「柳生流を学んだ者で馬術に優れた者を二人選べ、ああ、同時に目のよい者でなければならぬ」

片膝を突いた近習の問いに、堀田加賀守が告げた。

馬術に優れた者は、少しでも早く移動できるように、目がよい者は観察眼に優れた者をという意味である。

「ただちに」

近習が下がっていった。

かつての堀田家ならば、身代も小さく目通りできる家臣の数も五十に満たなかったので、加賀守でも人材を把握できていた。

だが、今の堀田家は三万石を超える。役目柄軍役に従ってもいるため、目通りできる家臣の数は騎乗できる身分だけで百、徒（かち）まで含めると千を数える。とても一人一人の能力や特質まで理解できなかった。

「近田玄三郎でございまする」

「楢山一起、お召しと伺いまして参上いたしました」

小半刻（約三十分）ほどで二人の家臣が堀田加賀守の前に伺候した。

「うむ。そなたら二人は柳生の剣を知っておるな」

「柳生の庄で二年ほど学びましてございまする」

「目録をいただいております」

近田玄三郎と楢山一起が首肯した。

「ふむ。なれば一門の顔くらいはわかるだろう。そんなそなたらに格別の役目を与える」

「はっ」

「……………」

堀田加賀守に言われた二人が、上体を傾けて聞く姿勢を取った。

「柳生まで参り、庄の現状と柳生刑部少輔左門友矩の生死をたしかめて参れ」

「たしかめるだけでよろしゅうございましょうか」

檜山一起が堀田加賀守を見あげた。

「どういうことか」

「わたくしめは、腕にいささか覚えがございまする」

「やれと仰せならば命を賭して……」

首をかしげた堀田加賀守に檜山一起と近田玄三郎が、腕に覚えがあると告げた。

「………」

少し堀田加賀守が思案した。

「いや、止めよ。そなたたちの腕を疑っているわけではないが、柳生刑部少輔は別格である。今回は、状況をたしかめるだけにせよ」

「……はっ」

「承知」

不足そうながら、二人が首を縦に振った。

「路銀は勘定方に申して受け取れ。多めに渡す。道中、要ると思えば遠慮なく遣え」

「わかりましてございまする」

「かたじけなく存じまする」

二人が頭を垂れた。

「では、これにて」

「ああ」

一礼して立ちあがった二人を、堀田加賀守が見送った。

一夜は堀田加賀守のもとを出た後、もう一度駿河屋総衛門のもとを訪れていた。

「上方へ戻られるのでございますな」

「もう江戸は懲り懲りですわ。これで柳生への義理も終わりましたし」

駿河屋総衛門の確認に一夜がため息を盛大に吐いた。

「おや、当家とのお取引はどうなさるおつもりで」

「番頭を……」

「金額が金額でございますので、代理のかたでは困ります」

訊かれて答えようとした一夜を、駿河屋総衛門が抑えた。

「うっ」

一夜が詰まった。

たしかにこれから江戸での商いが広がっていく。まず大名という顧客が江戸には二百近くある。たしかに大坂にも多いが、それでも西国の大名が主で、百に届かない。

次に天下が泰平になったことで、明日があると人々が理解したことも要因になった。明日があるとわかれば、蓄財もするし、安心して商いもできる。乱世だといつ火を付けられるか、殺されるかわからないため、その日のことしか考えられなかった。それが明日、一カ月先、一年先があるとなった。

「明日も同じだけの儲けがある」

それは余裕を生み、余裕は趣味を招く。

一夜は今後江戸で唐物(からもの)の需要が大きく伸びると読んでいた。

だからといって大坂から唐物を担いで商いに江戸へ出てくれば、本店が留守になる。

これは本末転倒であった。

「売ってくれまへんか。もちろん、分は払いますよって」

そこで一夜は信頼できる商いの相手として駿河屋総衛門を選んだ。

「それにときどき見に来てくださらねば、わたくしが悪心を起こすかも知れません」

「ああ、それはおまへんし、もしそうなってもかまいまへん。わたいの目が未熟やったからとあきらめるだけで」

儲けをごまかすかもとほのめかした駿河屋総衛門に、一夜は首を左右に振った。

「怖いおかたですな、相変わらず。あきらめるのは金だけではございますまい。わたくしもあきらめられる」

「それはまあ、そうですな」

つきあいを止めるだろうと苦笑した駿河屋総衛門に一夜が認めた。

「商いは信用ですからな」

駿河屋総衛門が真顔になった。

「信用は誠実から」

一夜が重ねた。

「誠実さを見せんとあきまへんわな。わかりました。一年に一度、江戸へ出て参りましょう」

「わたくしとの商いのために」

「そうです」

念を押した駿河屋総衛門に一夜がうなずいた。

「では、商いのお話もせねばなりませぬし、なかには他人に聞かせられないこともございましょう。淡海さまが江戸へお出での節は、当家を宿としてもらいます」

「ご迷惑では」

一夜が駿河屋総衛門の話に、懸念を見せた。

「かまいませんよ。なまじ外に宿を取っていただくと、うるさいお方と顔を合わせることもございましょうし」

「会わずにすむなら、生涯要りまへんわ」

一夜が嫌そうな顔をした。

「ところで、今回はどのようにしてお帰りを」

駿河屋総衛門が手段を問うた。

「行きは船を使いましてんけど……その船はもう折り返してもうてますし」

柳生家で足留めでも喰らえば、船が無駄にときを過ごすことになる。商いは信用だが、と同時に迅速でなければ成功しなかった。

「となると東海道ですか」

「中山道は、まだあきまへんやろ」

尋ねた駿河屋総衛門に、一夜が首を横に振った。

天下を治めた徳川家は、街道の整備に取りかかった。

「領内の街道を整えよ」

幕府の命を受けて、街道筋の大名たちは街道に手を入れた。だが、すべての大名がそうだったかと言えば違った。

経済的な理由、街道筋の村や町との交渉、技術的な問題などで遅れているところは多かった。

「東海道は、徳川さまの本貫地(ほんがんち)三河(みかわ)を通りますしなあ」

徳川家にとって三河、遠江(とおとうみ)、駿河(するが)は格別な地であり、そこには多くの譜代大名が配されている。主君の機嫌を取るのも家臣の仕事である。いや、もっとも大事な役目であった。

結果、東海道は大坂まで見事に整備され、中山道はまだできていなかった。

「江戸見物はなさいませんので」

「ああ、江戸見物かあ」

言われた一夜が困った。

江戸は見るべきところが多かった。

歴史ある寺院、名勝、そして日本一の城江戸城と、のんびり物見遊山しても十日やそこらはかかる。

そして一夜は江戸見物をしたことがなかった。

一夜を使い潰すつもりであった柳生家が、物見遊山をさせるだけの気遣いをするはずもない。

「よろしければ、二、三日江戸見物をしていかれては。当家にご滞在いただければ、人を付けますよ」

駿河屋総衛門が一夜を誘った。

「いきたいけど、止めておくわ。江戸にいてれば、馬鹿と出会うやも知れへんし」

「……馬鹿というのは、あの柳生家の」

首を左右に振った一夜に、駿河屋総衛門が応じた。

「主膳や。あれ、際限なしの阿呆やからなあ」

「たしかに」

ため息を漏らした一夜に、駿河屋総衛門も同意した。

駿河屋総衛門も一度主膳宗冬と出会っている。一夜が潜伏していないかと駿河屋を疑った主膳宗冬が店まで来て、一夜を襲ったのであった。

「娘を奥へ。店へ出さないように」

目を付けられては困ると駿河屋総衛門は娘を店の奥に隠して、主膳宗冬の襲来を凌(しの)いだ。

「あの御仁がいるとなれば、お引き留めもできませんな」

駿河屋総衛門が一夜の引き留めをあきらめた。

「今度、出てきたときにはきっと」

「そうさせてもらいます」

諦めたと言いながらも、しっかり言質を駿河屋総衛門は取った。

「とりあえず、今日一晩泊めてもらっても」

今から江戸を出ても、品川(しながわ)辺りで宿を取ることになる。これでは大坂へ着くのは、明日出るのとなんら変わらない。

「すでに用意をしておりますとも」

一夜の求めに駿河屋総衛門がほほえんだ。

「今夜はゆっくりとお話しできますな」

「かなんなあ」

駿河屋総衛門の要求を感じ取った一夜が苦笑した。

二

柳生道場に一日の稽古の終わりはない。

続けたい者は、灯火の明かりを頼りに朝まで剣を振っていい。

といったところで火事になっては困る。一人や二人での稽古は許されていないし、万一の備えとして灯火の見張りをする小者も用意しなければならない。当然、灯火の代金とさらに小者への心付けは別途かかった。

そのためか、いちおう稽古は日が暮れるまで、残照がまだ道場に残っている間に締めるのが暗黙の了解となっていた。

「ここまでとしよう」

主膳宗冬が頃合いを見て、稽古試合を終えると宣した。

「ありがとうございました」

「学ばせていただきましてございまする」

繰り返し主膳宗冬と竹刀をかわした弟子たちが口々に礼を述べた。

「いや、よく修行したの」

半日ほどの稽古試合ていどでは、主膳宗冬は息も切らさない。

弟子たちを褒めた後、主膳宗冬が解散しようとした弟子たちに声をかけた。

「そなたとそなた、少しよいか」

「わたくしでございまするか」

「なんでございましょうや」

声をかけられた弟子たちが、主膳宗冬の前へ来た。

「うむ。そなたたちはまだ目録に届いておらぬの」

「恥ずかしながら」

「はい」

たしかめた主膳宗冬に弟子たちが恥じ入るように目を伏せた。

剣術の修練度合いを示す一つが目録であった。切り紙が初心者を卒業して与えられるとしたら、目録は一通りの技を学んで身につけたという証（あかし）になる。一流の剣術遣いの証明である免許には劣るが、目録は一人前扱いを受ける。

「目録をちょうだいしている」

「それはお見事な」

さすがに道場ではなにほどのものではないが、世間において目録は武士として尊敬されるだけの価値を持っていた。

ようは剣術を学ぶ者は、目録を目指している。いや、欲していた。

「あと少しではあるな」

主膳宗冬が惜しそうな顔をした。

「なにが足らぬのでしょう」

弟子の一人が身を乗り出した。

「むうう」

わざと主膳宗冬が難しそうな顔でうなった。

「主膳さま」

「教えていただくわけには参りませぬか」

二人の弟子が、真剣な眼差しで頼みこんだ。

「知りたいか」

「はい」

問うた主膳宗冬に弟子たちが首肯した。

「辛い思いをするやも知れぬぞ」

「かまいませぬ。切り紙をいただいて五年、わたくしより新参の者が目録に届いていくのを見続けて参りました」

「才能がないのではと、剣術をあきらめようかとも思いましてございまする」

念を押した主膳宗冬へ二人がすがった。

「遊学か」

「さようでございまする」

尋ねた主膳宗冬に弟子がうなずいた。

遊学は才能を認められて藩から命じられた者とおのれで願い出てする者に分かれる。基本、おのれで願い出た者には藩からの援助はないが、命じられた者は江戸での生活費や剣術の稽古にかかわる費用を給付された。

いわば公金での修行であった。

それだけに長い間かかっても成果が出せなければ、遊学中止となることがあった。

そして遊学中止となれば、藩の金を無駄遣いしたと誹られ、家中での肩身が狭くなる。

まちがいなく出世の道は閉ざされた。

「その覚悟受け取った」

主膳宗冬が強い語調で言った。

「そなたらに不足しているのが、経験である」

「経験……」

「それは……」

弟子たちが顔を見合わせた。

「剣とはなんぞや」

薄暗くなりかけた道場で、主膳宗冬が問いかけた。

「……力かと」

「技でしょうや」

それぞれが答えた。

「それもまちがってはいないが……」

主膳宗冬が一度言葉を切って、二人を見た。

「剣とは人を殺す術(すべ)である」

「………」

「あっ」

断言した主膳宗冬に二人が息を呑(の)んだ。

「いかに敵を倒すか。いかに敵に殺されないか。それを突き詰めていくのが、剣術である」

もう一度主膳宗冬が語った。

「そなたら人を斬った経験は」

「ございませぬ」

「あいにくと」

訊(き)かれた二人の弟子が、首を左右に振った。

「そこよ。実戦の経験がないゆえ、剣に心が乗らぬ」

「心を乗せる」

「うむう」

二人が理解できないといった顔を見せた。

「かならず倒すという気概よ」

「それならば、いつもそうしておりまする」

「拙者もそうでございまする」

言い換えた主膳宗冬に二人が言い返した。

「少し暗いが……。構えてみろ」

主膳宗冬が命じた。

「はっ」

「…………」

教えを請うているのだ。言われたことへの疑問も反論も遅滞も許されはしない。すぐに二人が応じた。

「肚に力を入れておけ。尻の穴を締めるのを忘れるな」

そう言った主膳宗冬の雰囲気が変わった。

「むん」

主膳宗冬が殺気をぶつけた。

「ひっ」

「あわわあ」

二人が気迫を受けて恐慌に陥った。

「これが心を乗せることだ」

「……はあはあ」

「ふううう」

気迫を消してもらった二人が、息を吐いた。

「わ、わかりましてございまする」

「畏れ入り……」

二人が疲れ果てたように腰を落とした。

「どうだ、身につけたいと思わぬか」

主膳宗冬が誘った。

「教えていただけますので」

「是非にお願いを申しあげまする」

跳ねあがるように二人が起きあがって、頭を下げた。

「覚悟はよいな。言うまでもなかろうが、きついぞ」

「……ごくっ」

「は、はい。ご指示のとおりにいたしまする」

暗に人を斬ることになるぞと含めた主膳宗冬に、弟子たちが重く首を縦に振った。

「そうじゃ。名前を聞いておらなんだな。そなたらの名前は」

今更のように、主膳宗冬が問うた。

「作州（さくしゅう）津山（つやま）森（もり）家三木泰介（みきたいすけ）でございまする」

「陸奥（むつ）南部（なんぶ）家尾形豪右衛門（おがたごうえもん）と申しまする」

二人が名乗った。

「三木と尾形か。付いて参れ、飯でも喰いながら話をしよう」

主膳宗冬が道場を後にした。

商人の家は、どれだけ大店（おおだな）でも質素を旨とする。

駿河屋総衛門宅の食事も白米ではなく七分搗（づ）きの玄米であり、おかずも菜のお浸しに漬物、それに根深を使った味噌汁だけであった。

「ええ味噌使ってはりますわあ」

一夜が味噌汁を飲んで感心した。

「味噌だけは贅沢をしておりますので」

相伴している駿河屋総衛門がうれしそうに応えた。

大豆を主原料とした味噌は、高級品であった。長屋暮らしの民などは、豆味噌ではなくぬか味噌を使っている。漬物に使うぬか床のぬかを湯で溶いただけで、塩気しかないうえ粉っぽく、あまりおいしいとはいえなかった。

「なによりのご馳走で」

大坂の淡海屋では永和や須乃たちの実家である信濃屋の味噌を食している。もちろん、豆味噌あるいは麦味噌、米味噌などで値段は張るがうまい。

「明日からが憂鬱ですわ」

一夜が嘆息した。

旅先で泊まる宿は、食事付きの旅籠を選んでいる。安い木賃宿もあるが、どうしても板の間での雑魚寝になるし、食事も自前で用意しなければならない。狙われているとわかっている旅路でのんびり飯を作っている暇などはないし、米などの材料を持ち歩くのも不便である。

そこで旅籠となるが、どうしても宿場町や宿によっての差が大きい。

しっかりと掃除の行き届いた座敷に、毎日干している夜具、豆味噌などを使った食事を出す旅籠もあれば、いつ雑布を掛けたかわからない薄汚れた座敷に、変な臭いの染みついた夜具、かび臭い米にぬか味噌汁といった碌でもない宿もある。いや、そちらのほうが多い。

なにせようやく大坂の陣が終わって二十年ほどで、まだ乱世の息吹は払拭されていない。街道でも少し人里を離れると野盗が出かねないのだ。行商人や流れの芸人でもなければ、旅など切羽詰まらない限りしなかった。旅人が少ないとあれば、旅籠も増えないし、客が少なく儲からないから、対応も悪い。

「ご紹介いたしましょうか」

駿河屋総衛門が気を遣ってくれた。

「ありがたいんやけど、紹介してもらったところにかならず泊まれるとはかぎらへんので、遠慮しときますわ」

柳生宗矩との間には合意はできているが、その他の連中がどう動くかはわからない。主膳宗冬のこともあるし、なにより柳生宗矩が約束を守るという保証はなかった。

「なるほど」

そのあたりの事情も駿河屋総衛門はわかっている。

「ご馳走さまでした」

駿河屋総衛門との話を終えるのに合わせて一夜が箸を置いた。

「お気に召したようでなによりでございました。明日は早発(はやだ)ちをなさいますか」

「そのつもりでおります」

問われた一夜が答えた。

早発ちは概(おおむ)ね夜明け前に、少し足下が見えるくらい明るくなったら出発する。

「六つ（午前六時ごろ）には出たいと」

一夜が望みを口にした。

「では、そのように朝餉(あさげ)の手配もいたしましょう」

「すんまへん。甘えさせてもらいます」

駿河屋総衛門の厚意を一夜は素直に受けた。

「では、お部屋の用意もできておりますれば、お早めにお休みを」

「おおきに」

すでに入浴は夕餉前に終えている。一夜は礼を述べて客間へと向かった。

「下手に遠慮なさらないのもいいですな。ますます欲しくなりました。いや、これから駿河屋が江戸で大きくなるには、絶対に要るお方。かといって、今は余裕がないご様子。ここで無理押しするのは悪手ですな。一年に一度、当家まで来て滞在してくださるという約束を取り付けただけでよしとしますか」

白湯を喫しながら駿河屋総衛門が独りごちた。

「問題は……娘ですねえ。一夜さまとの相性が悪いというか、なんというか。たしかに江戸の者のなかには上方の口調を嫌う者もいますけどねえ。商家の娘が初見で人の好き嫌いをするなど論外、なにより人を見抜くだけの目を持たねばならぬというに。場合によっては、嫁に出して店とのかかわりを断たねばなりません。商人の役目は店の存続。血の継承ではありません」

駿河屋総衛門が冷徹な目をした。

道場で雑魚寝をした尾形豪右衛門と三木泰介は、夜明け前に主膳に起こされた。

「もう一度訊く。肚は決まっているな」

「もちろんでございまする」

「かならずやし遂げて見せまする」

尾形豪右衛門と三木泰介が、迷いなく言った。

「付いて参れ。獲物を狩る」

「狩ると仰せでございますが……」

「柳生家に仇（あだ）なす者よ。そやつには見張りが付けてある」

怪訝（けげん）な顔をした三木泰介に、主膳宗冬が告げた。

「見張りの報告によれば、獲物はまだ江戸におるが、早々に東海道を下るつもりらしい」

「では、品川で襲うと」

尾形豪右衛門が早手回しに言った。

「いや、品川では他人目（ひとめ）が多い。紛れて逃げられては困る」

品川の手前、高輪（たかなわ）の大木戸に主膳宗冬は苦い思い出を持っている。

「では、いつ」

三木泰介が尋ねた。

「今じゃ」

「……今」

「いかなることで」

主膳宗冬の言葉に二人の弟子が戸惑った。

「獲物が宿としている場所へ打ちこむ」

「宿へっ」

「それはっ」

二人の弟子が絶句した。

江戸で宿を襲うなど、将軍家のお膝元を荒らす行為である。成功しようが失敗しようが、無事ですむ話ではなかった。

「宿とは申したが、旅籠ではない。かかわりのない者はおらぬ」

あわてて主膳宗冬が手を振った。

「どういうことでございましょう」

さすがに聞き逃せるような内容ではなかった。

尾形豪右衛門が真剣な表情で訊いた。

「そこにおる者はすべて敵である」

「敵……」

「すべて」

二人の弟子が驚愕した。

「ですが、打ちこむというのはいささか乱暴ではございませぬか」

三木泰介が常識を口にした。

「問題はない。実際に打ちこむわけではないからの」

「へっ」

二人の弟子がより怪訝な顔をした。

「今回の目的である獲物が、そこから出てきたところを討つ。剣のうえでの勝負だと言えば、誰も手出しはできぬ。いや、手出しする前に片づく」

「その宿の者が加勢にでては……」

「できまい。すれば武士に刃向かうことになる。それこそ無礼討ちが通る」

懸念を表した尾形豪右衛門に主膳宗冬が首を横に振った。

無礼討ちは認められているが、厳しい制約があった。まず、個人としての無礼に対しては許されず、主君への侮辱などがあれば命を懸けても果たすべしとされていた。今回のような場合は、剣術という武士の表芸(おもてげい)を競う場においてそれを邪魔したということで無礼討ちとして成立すると主膳宗冬が保証した。

「では、そこは町屋で」

「うむ」

「ならば」

誰ぞの屋敷や寺院ではないとわかった三木泰介が安堵した。

「心配せずとも、なにかあれば当家がかばう」

主膳宗冬がさらなる条件を出した。

「師を守るのだ。これこそ正義である」

「おおっ」

「お指図のとおりにいたしましょう」

三木泰介と尾形豪右衛門がようやく納得した。

「なによりこれは、そなたらを一段引きあげるためのものだ。しくじるでないぞ」

主膳宗冬が念を押した。

三

右目を失うという大怪我をしたが、それでも十兵衛三厳は左門友矩を討伐、なんとか柳生滅亡の危機を回避できた。

「……これでめでたしとならぬのがきついな」

十兵衛三厳は傷の手当をしながら首を横に振った。

「左門友矩の死を知ったら、公方さまがどうなさるか。いや、どうなられるか」

寵愛の臣に策を授けた家光が、その失敗を知ったとき、どのように動くかが十兵衛三厳には読めなかった。

「死者はしかたないとあきらめる……」

将軍にとって寵童(ちようどう)といえども家臣の一人にしか過ぎない。

さらに家光の寵愛を受けたいと考えている者はいくらでもいた。一時的な喪失感はあってもすぐに忘れる可能性も高い。家臣を人とみていないのが、将軍というものである。

「だが、公方さまは執着心がお強い」

十兵衛三厳の懸念はここにあった。

その生い立ちから恵まれていなかった家光は、その境遇から家康によって救い出されたことで性格に変化が起こった。

敵に厳しく、味方に甘い。

人ならば誰しもが持つものだが、それも家光は限度をなくしていた。

「おのれ十兵衛め。左門を害しおったな」

家光が真相を知れば、その憎しみは直接手を下した十兵衛三厳に向かう。なにせ十兵衛三厳は柳生宗矩から命じられて弟を討ったわけではなく、その所業を見て生かしておくわけにはいかないと判断した結果であった。

「無理だろうな」

そもそも使者番を出して、左門友矩を唆したのが家光なのだ。家光は今ある柳生家を潰して、左門友矩を新たな当主として取り立てたいと考えている。

もちろん、分家あるいは別家させて出世させてもよいが、そうなるといろいろと世間がうるさい。

「それだけの手柄が……」

「いかに将軍とはいえ、恣意をあまり表に出されるのは……」

「本家は幹、分家、別家は枝でござる。本体よりも枝が太くなっては、木が保ちませぬぞ」

御三家辺りからの苦情が出る。

「黙れ」

もちろん将軍の権威をもってすれば、異論は抑えこめる。

「…………」

当然、御三家は黙る。ただし、ここからは面従腹背となる。幕府にとって格別な家柄である御三家の反発は、大きな影響が出る。

「お心のままになされよ」

「当家はご賛同仕りかねまする」

幕府としてなにか大きなことをしようとしたときの協力が得られなくなる。

「病でござれば、伺候いたしかねまする」

さらに病を理由に江戸へ来なくなったり、登城を拒むへ進む。

「御三家を抑えることができぬ将軍」

それは家光を軽視させることに繋がった。

矜持が高い家光が、それを許せるはずはなかった。

そのすべてを解決する手立てが、今の柳生を潰して、左門友矩を新規召し出し、

「将軍家剣術指南役を命じる」

ことであった。

柳生新陰流が将軍家お家流なのは決まっている。

「一万石に加増してくれる」

今の柳生家は一万石、となれば新たな将軍家剣術指南役である左門友矩も大名に引きあげても問題はない。

「そのために柳生を大名に引きあげられたか」

十兵衛三厳が苦笑した。

惣目付での手柄を理由にした加増だが、四千石は多すぎる。惣目付という役目は旗

本でなければならないがため、一万石になった柳生家は辞するしかなくなった。それは同時に監察する側から、される側への転換でもある。

「だとすれば、このままでは終わらぬな」

柳生宗矩から剣術指南役を取りあげるための策だったとすれば、実行犯の左門友矩がいなくなってもそれで終わりにはならない。

「そこまで左門友矩を取りあげられたことが、許し難かったのか」

十兵衛三厳がため息を吐いた。

「……ふうう。吾にできるのはここまでだな」

色々と考えたが、江戸へ向かっても、十兵衛三厳は家光に目通りできなかった。今の十兵衛三厳は家光の小姓でも書院番でもなく、柳生家の嫡男でしかない。言いかたを換えれば、旗本でさえないのだ。

「一発殴ってやりたいが……これ以上は父に任すしかない」

相談もなく弟を斬っているが、こうするしかないと柳生宗矩もわかるはずだ。十兵衛三厳は、後始末を柳生宗矩に丸投げした。

「なぜ剣の道から外れた」

十兵衛三厳が、左門友矩の墓標代わりの自然石に問いかけた。

「…………」

瞑目した十兵衛三厳のまぶたに、幼かった左門友矩が一心不乱に竹刀を振っていた姿が浮かんだ。

「地獄で待っていろ、左門。今度は堂々と戦おうぞ」

うずく右目を押さえながら、十兵衛三厳が呟いた。

翌朝、一夜は大坂へ向けて出発した。

「手紙を出しますよって」

「お待ちしております」

品川宿で昼飯を兼ねたお別れの宴を開くのが流行りだしているが、そこまで駿河屋総衛門も暇ではなかったし、一夜も望んではいない。別れは駿河屋の表で立ち話というあっさりとしたものであった。

「いた」

出てきた一夜を、主膳宗冬は見つけた。

「あやつでございますな」

「両刀がない」

三木泰介と尾形豪右衛門が目をすがめた。

「武士ではない……」

「卑怯者ゆえ、わざと刀を差さず、民を装っておるのだ。ああしておれば、見つかるまいとな」

武士でないものに剣の仕合を挑むのは理屈に合わない。困惑する二人に、主膳宗冬が憎々しげに頬をゆがめた。

「偽り……」

「卑怯者でございますな」

「そうよ。臆病者じゃ。表から柳生新陰流に挑めぬゆえ、商人の振りをして柳生家に嫌がらせをし続けてきた」

蔑みの表情を浮かべた二人に、主膳宗冬が険しい声で告げた。

「主膳さま、一つだけたしかめさせてもらっても」

三木泰介が主膳宗冬に許可を求めた。

「もちろんだ」

「あやつは武士に違いありませぬな」

うなずいた主膳宗冬に三木泰介が念を押した。

「今は淡海屋と名乗っておるが、淡海一夜というのがあやつの本名じゃ」

地を這うような低い声を主膳宗冬が出した。

「……では」

「急ぎましょうぞ」

尾形豪右衛門と三木泰介が足を速めた。

「淡海さま」

「まさかここでかいな」

近づいてくる武士に気づき警告を発した駿河屋総衛門に、一夜が嘆息を聞かせた。

「お店へ入って、表戸をしっかりと閉めておくれやす」

一夜が駿河屋総衛門を気遣った。

「ですが……」

「慣れてますよって。なにより駿河屋はんが巻きこまれるのがかないまへん」

ためらう駿河屋総衛門を一夜が押しこむようにして、表戸のなかへと戻した。

「ほな。これで」

一夜が一礼して、背を向けた。

「率爾（そつじ）ながら、淡海一夜どのだな」

三間（約五・四メートル）ほどのところで足を止めた三木泰介が訊いてきた。

「いいえ。大坂の唐物問屋淡海屋七右衛門（しちえもん）の孫の一夜で」

一夜が否定した。

「偽りを申すな。そなたが淡海一夜だとわかっている」

尾形豪右衛門が怒りの口調で言った。

「わかってんねんやったら、訊きなはんな。無駄な手間をかけただけでっせ」

一夜が嘲笑を浮かべた。

「おのれ……」

「我らを馬鹿にするか」

「馬鹿にする……違いますなあ。相手にせえへんのですわ。走狗（そうく）はあっち行ってなはれ」

目を据えた三木泰介と尾形豪右衛門へ一夜が手を振り、視線を二人の背後へと向けた。

「実力では、わたいに勝てへんとわかったんですな。主膳はん」

一夜が少し離れて腕を組んで観察していた主膳宗冬を嘲弄した。

「ふん。今日は十兵衛の兄はおらぬぞ」

主膳宗冬が言い返した。

「はあぁ」

盛大に一夜がため息を吐いた。

「まだわかってへんのか。おまはんでは、わたいに切っ先を届かすことさえでけへんということが。ああ、見栄か。このお二人へほんまの姿を見せられへんのですやろ。しゃあから、他人の手を借りる」

「なんだとっ」

さらに煽った一夜に、主膳宗冬が短気を起こした。

「主膳さま」

「これはどういう……」

尾形豪右衛門と三木泰介が主膳宗冬の顔を見た。

「ええい、口先だけに惑わされるな。こやつは敵だ」

主膳宗冬が二人に向かって吠えた。

「敵……」

「そうであったな」

二人が気を取り直した。

「恨みはないが、剣の道を進むためじゃ」

「悪く思うな」

刀を抜いた二人が、一夜に切っ先を突きつけた。

「悪く思うわ。見てわからんのか、わたいは無手やぞ。無手相手に剣の道もへったくれもあるか」

一夜が両手を拡げて、なんの武器もないと見せつけた。

「油断するな、そやつは隠し武器を使うぞ」

二人がためらわないように、主膳宗冬が一夜の行動をだまし討ちに引き込む手立てだと否定した。

「隠し武器とは卑怯なり」

「武士の風上にも置けぬ」

二人が剣呑（けんのん）な雰囲気に変わった。

「ちいとは頭使うようになったんか。面倒やな」

一夜が主膳宗冬を見て首を左右に振った。

「参る」

三木泰介が斬りかかってきた。

「前触れが丸見えや」

相手の目の動き、呼吸から気配を探るのは一夜が得手としている。わざわざ声をかけてまでの一撃など、止まっているのと同じであった。

すっと右半歩だけずれた一夜が、これをかわした。

「こやつっ」

三木泰介が空ぶりした太刀をなんとか引き戻した。

「なあ、わかっているか」

一夜が一歩下がって、間合いを取りながら話しかけた。

「なにがだ」

「人殺しやで、これ。武芸の仕合か無礼討ちかは知らんけど、江戸の城下で白刃を振るったんや、町奉行所が動くで。主家に傷が付かへんとええけどなあ」

主膳宗冬への態度から、一夜は二人が柳生の家中ではないと見抜いていた。

「…………」

「なっ」

二人が顔色を変えた。

「なにを躊躇している。肚を決めたのだろうが」

ひるんだ二人を主膳宗冬がけしかけた。

「人を斬らねば、そなたたちの剣に輝きは生まれぬ。一段あがるために戦え」

主膳宗冬が叫んだ。

「人を殺さなければ、あがらん剣の腕とは、笑わせてくれまんなあ。人を斬って一段あがるならば、その先を目指すには神を仏を斬りますんか」

一夜が嗤った。

「言ったであろう、剣は突き詰めれば人を殺すことだと」

「公方さまは、柳生新陰流を学んではりますなあ。主膳はんの言葉通りならば、いつかは公方さまにも人殺しを強いることになりまっせ」

必死の主膳宗冬を一夜がからかった。

「公方さまに……」

「………」

「でなければ、柳生新陰流の教えは身分で変わることになる」

動きを止めた二人に一夜が真顔で止めを刺した。

「そんなもんを剣術というんか。剣術は純粋に技や強さで評価されるべきやろ。身分で変わるなら、公方さまは柳生但馬守はんよりも名人やで」

「たしかに」

「な」

三木泰介と尾形豪右衛門が顔を見合わせて首肯し合った。

「おい、欺されるな。そいつの言に乗るなら、柳生道場にはもう戻れぬぞ。一門たる余の言うことを聞かなかったのだ」

主膳宗冬が脅しを口にした。

「それは」

「困りまする」

二人がためらいを見せた。

「心配せんでもええ。なあ、お・に・い・は・ん」

「くっ」

一言ずつ区切りながら一夜に笑いかけられた主膳宗冬が苦い顔で詰まった。

「お兄……」

「兄弟だと」

「腹立たしいけどなあ。血が繋がってるねん。もっともよほど気に入らんねやろうなあ、何度もわたいを殺そうとするけど」

「身内の争いに巻きこまれるのは……」

「遠慮したく」

兄弟で殺し合うなど、お家騒動か何かの面倒が裏にある。それにかかわりのない者が絡んでは碌なことにならない。

三木泰介と尾形豪右衛門が太刀を鞘(さや)へ戻した。

「これにて」

「ご免仕る」

「…………」

去っていく尾形豪右衛門と三木泰介を主膳宗冬は無言で見送った。

「ほな、わたいもこれで。ああ、老婆心までにいうとくけど、怪我人も出えへんかったけど白刃が振るわれたんや、町奉行所が黙ってへん。それでもここで遣り合うか。わたいも精一杯に抗うわ。町方役人が来るまでに消えとかんと、柳生の名前が知れるで」

「……覚えておれ」

一夜の助言に主膳宗冬が低い声で捨て台詞を残して背を向けた。

「やれ、とにかく一安堵やけど……このまま無事には帰れんやろうなあ」

日本橋を渡りながら、一夜は身を震わせた。

四

堀田加賀守の放った藩士はわずか四日で柳生の郷へ着いた。

「静かだの」

「なにもなかったかのようだが……」

藩士たちの警戒が強くなった。

「かえってみょうだ」

「人が少ない……」

いくら寂れているとはいえ、日中に人の姿がないというのは不自然であった。

「近づくか」

「少し様子を見てからにしようぞ。もし、左門どのが解き放たれていたならば、我らではとても及ばぬ。逃げることさえ叶うまい」

調べに入ろうとする同僚をもう一人が抑えた。

「………」

それから半刻ほど木陰から郷の様子を窺っていたが、なにも起こらなかった。

「埒があかぬ」

「ああ」

見ているだけでは主君の命は果たせない。なにより言われたことだけをしているようでは役立たずと見られてしまう。

「拙者が行こう」

「よいのか」

二人で出て、どちらもがやられてしまえば、江戸へ報せる者がいなくなる。

「お役目じゃ。それに吾はおぬしと違って、独り身だからな」

「すまぬの」

笑みを浮かべた同僚にもう一人が礼を述べた。

「見ていてくれよ」

覚悟を決めた一人が出た。

城も陣屋もどこでも同じだが、敵の接近をすばやく発見できるように周囲を拓(ひら)けた状態にしている。柳生陣屋も背後と正面では拓け具合に差はあるが、忍びこもうとする者が姿を隠せるような木立や草叢(くさむら)はなかった。

となるといかにすばやく館に取り付けるかが勝負になる。

「…………」

無言で館に張り付いた藩士は、しばらく息を殺して気配を探った。

「父の手の者か。それとも御上の隠密か」

「ひっ」

不意に声をかけられた藩士が飛びあがった。

「答えよ」

すっと館のなかから姿を現した十兵衛三厳が、藩士に殺気を浴びせた。

「加賀守さまの命にて参りましてございまする」

殺気など慣れているはずの藩士が震えた。ここでごまかせば、まちがいなく殺されてしまう。

左門友矩を屠ったことで、十兵衛三厳の剣は数段格をあげていた。それに応じて、雰囲気も別人のように尖ったものになっていたのだ。

「そうか」

十兵衛三厳が殺気をうちへ収めた。

「……ふう」

藩士が呼吸を再開した。

「もう一人も招け」

調査を指示する執政が一人で突っこんでくるほど愚かな者を使うことはないと、十兵衛三厳もわかっていた。

「お待ちを」

急いで後ろを向いた藩士が、右手をあげて指を曲げたり伸ばしたりを繰り返した。

「……大事ないのか……これは十兵衛さま」

木立から駆けてきた控えの藩士が、十兵衛に気づいた。

「そなたら、柳生道場で見たことがある。名前は」

十兵衛三厳が問うた。

「任にございますれば、名前はご容赦を。わたくしのことは壱、こやつは弐とお呼びください」

最初の藩士が首を左右に振った。

「そうか。まあ、よい。顔は覚えた。逃がしはせぬ」

「………」

顔を覚えたと言われて、壱が息を呑んだ。

剣術遣いは対峙した者の顔を忘れない。もちろん、それだけの価値がないと別だが、覚えた以上はいずれ見つけ出すという十兵衛三厳の意思表示であった。

「で、堀田さまの指図はなんじゃ」

「その前に、十兵衛さま。右目はいかがなさいました」

さっさと話を進めようとした十兵衛三厳を、壱が止めた。

「これか。左門にやられた」

「つっ……」

「なれば」

壱と弐があわてて辺りを警戒しだした。

「心配するな。左門は斃した」

十兵衛三厳が落ち着いた声で告げた。

「……なんと」

「あの左門さまを」

二人が目を剝いた。

「執政さまのご指図は」

目のことなど些細だと十兵衛三厳が二人を促した。

「柳生の郷の現況を調べるのと、左門さまの生死を確認することでございました。もし、左門さまが柳生から消えているならば、その足跡を追い、なんとか江戸に入られる前に主君へ報せる」

壱が説明した。

「江戸に入る前か……堀田さまも肚をくくったな」

十兵衛三厳は堀田加賀守が左門友矩を殺してでも家光と会わせないつもりだと理解した。

「どういうことなのでございましょう。お話をいただきたく」

弐が詳細を求めた。

「もちろんだ。しっかりと堀田さまへ報せてくれ。飛脚を出すつもりだったが、それをせずともすむのはありがたい」

うなずいた十兵衛三厳が語り始めた。

「ことの起こりは、公方さまからのお使者どのが左門のもとを訪ねたことに始まる。なにが命じられたのかはわからぬが……」

十兵衛三厳がわかっているすべてを伝えた。

「…………」

「う、承りましてございまする」

その凄惨な内容に壱が言葉を失い、かろうじて弐が応じた。

「伝言を任せる。吾はこのまま国元に留まり、後始末する。ああ、一つ頼みたい。父但馬守にも堀田さまから伝えてくれ。左門の犠牲となった者の継承だが、拙者に一任させてもらうとな。堀田さまから聞かされれば否はあるまい」

十兵衛三厳が要求した。堀田加賀守も柳生宗矩も左門を江戸へ入れるつもりはない。その怖れがなくなったのだ。もちろん、堀田加賀守へ内部のことを漏らした十兵衛三厳に怒るだろうがそこまでしかできない。下手な動きは家光の怒りを受けかねないからであった。

家臣の家督相続は主君の専権事項であるが、一度江戸まで持ち帰って、それで許可を求めていては、かなりの暇がかかる。なにせ、柳生家存亡のかかった危機、それも家光主導のものなのだ。柳生宗矩はそれを防ぐことに忙殺されるのはまちがいなく、左門友矩に殺された家臣の跡継ぎまで手は回らない。

だが、それでは国元の復興が始まらなかった。死んだ家臣にはそれぞれ国元でいろいろな役目が与えられていた。それが一斉に空席になってしまった。いくら十兵衛三厳でも一人で藩政をこなすことは無理であった。なにより、代々役人には独特の慣例とか人付き合いとかがあった。これでうまく藩政を動かしてきたのが、途絶えてしまっている。こういった慣習は下手をすれば悪癖となりかねないが、なければ困る。そして、この手は一子相伝ではないが、親から子へと伝えられていることが多い。

十兵衛三厳は、そこを心配していた。一つまちがえれば、今年の年貢を集めることができなくなりかねない。

「お伝えいたしまする」

「では、我らはこれにて」

引き受けるとは言えないが、二人の藩士たちがうなずいて、江戸へと進発していった。

「手間が省けてくれたが……」

残った十兵衛三厳が待ち受ける後始末の多さに天を仰いだ。

「一夜が戻ってきてくれぬか……」

十兵衛三厳が本気で願った。

永和と佐夜は、間道を通じて関所手前まで戻って街道へ出た。

「なんとか追いつかれずにすんだな」

佐夜が安堵の息を漏らした。

「ここからどないするん」

「関所をこえる」

永和の確認に佐夜が答えた。

「やっぱり江戸まで戻る」

「……永和。小田原あたりで船を仕立てられぬか」

旅程に思いをはせて少し頬を攣らせた永和に、佐夜が問うた。

「小田原かあ。知らんなあ」

永和が首を横に振った。

箱根の関所を東にこえた最初の城下町は東海道でも指折りの大きさで、宿場町としても別格であった。もちろん、商家も多いし、廻船問屋もあった。

「船は使えませんか」

残念そうに佐夜が言った。

「それよりも小田原へ無事に着けるんか。まちがいなく追いつかれるで」

永和が後ろを振り向いた。

「であろうな」

「どこぞに身を隠すのはどうや」

首肯した佐夜に永和が提案した。

「それを見逃してくれるほど、甘い相手ではない」

佐夜が永和の案を却下した。

「……関所を利用するか」

思案した佐夜が口にした。

「関所を使うって……どうやって」

永和が首をかしげた。

「関所破りをする」

「なにを言い出すねんな」

大罪を犯すと言った佐夜に永和が驚愕した。

「関所破りといっても、逃げねばその場で殺されることはない。一応の取り調べがあるはずだ」

「…………」

反対をしても、代替案はない。

佐夜の話を永和は黙って聞いた。

「関所の牢くらいならば、さほどのものではなかろう。破るのに苦労はせぬ」

「あんたはできても、わたいは無理や」

一緒にするなと永和が拒んだ。

「わかっておる。おぬしに牢破りをさせる気はない。おぬしの仕事は人質よ」

佐夜が述べた。

「人質……わたいが」

永和がおのれの鼻を指さした。

「そうだ。今から吾が関所を突破しようとする。当然、役人は止めようとするだろう。そのとき、おぬしを人質にして役人たちの動きを規制する」

「そんなもん気にするはずないやんか。役人にしてみれば、女の一人くらい死んでも痛くもかゆくもないわ」

佐夜の考えを永和が否定した。

「わかっている。役人にとって、他人の命は役儀よりも軽い」

承知していると佐夜がうなずいた。

「どういう意味なんや」

永和が怪訝な顔をした。

「そこで吾は抵抗を止める」

「捕まるで」

「吾はな。だが、おぬしは捕まるまい。人質を捕まえるほど関所の役人も馬鹿ではなかろう」

「それはそうやろうけど……佐夜はんがあかんがな」

永和が佐夜の身を気遣った。

「大丈夫だ。牢に入れられたところで困りはせぬ」

いつでも逃げられると佐夜が胸を叩いた。

「はあ。で、わたいはどうなんの」

ため息を吐いた永和が尋ねた。

「事情を訊かれるくらいで解放されよう」

「一人だけ関所を出てもしゃあないやん」

佐夜の言葉に永和が反発した。

「そこよ。普通の女がいきなり首に刃物を突きつけられたらどうなる。ああ、おぬしが普通でないのはわかっているぞ。あくまでも普通の、そのへんにいる女がだ」

「なんかわたいを貶してないか」

永和が膨れた。

「でもその答えはわかる。気を失うか、震えてまともに受け答えでけへんやろう」

「そうよ。おぬしはそうやって刻を稼げ。日が落ちるまで頑張れば、放り出されることはない。関所のどこかで一晩を過ごせるはずだ。そうすれば、追ってきている者も手出しはできぬ。関所を襲えば、それこそ破る以上の重罪だ。柳生家の名前が出れば、いかに将軍家剣術指南役といえども許されぬ。いや、逆に厳しい対処を喰らうだろう。公方さまの御側にいながらとな」

佐夜が計画を語った。

「それでも一日経ったら、わたいは出されるで。いつまでも気弱なまねも通らんし」

永和が根本の問題を提起した。

「そこが肝心よ。吾とおぬしが関所にくくられたとあれば、あやつらはどうする。ずっと関所から出てくるのを待つだろう。で、関所からはのぼる、くだるの二つの道がある」

「二手に分かれる」

一人でも永和だけなら十分に押さえられる。そう追跡者が考えるのは当然であった。

「ああ。そうなれば、吾でもどうにかできる。一対一なら負けぬ」

佐夜が自信を見せた。

「機を合わせなあきませんね」

永和が関所を出るのと、佐夜が牢を破る。うまく合わせなければ、ことは失敗に終わる。

「のぼってくれ。そして出るときに大声で吾を誹れ。仲良くしてきたのにとか、旅は道連れだというのにとか」

「大声出すなんて恥ずかしいわ」

「言ってろ」

目を伏せて恥じる永和に、佐夜があきれた。

「安心しろ。日中は旅人を見張らなければならぬ。牢の監視に割ける人数はまずない。気づかれることなく出てみせる」

「……信用するで」

自慢げな佐夜に永和が返した。

「任せよ。無事に大坂へ着いて、一夜の閨に侍らねばならぬでな」

「それは別や」

「勝負は大坂で」

「ああ」

二人が顔を見合わせて、笑い合った。

勘定侍 柳生真剣勝負〈一〉
召喚

上田秀人

ISBN978-4-09-406743-9

大坂一と言われる唐物問屋淡海屋の孫・一夜は、突然現れた柳生家の者に御家を救えと、無理やり召し出された。ことは、惣目付の柳生宗矩が老中・堀田加賀守より伝えられた、四千石の加増にはじまる。本禄と合わせて一万石、晴れて大名となった柳生家。が、大名を監察する惣目付が大名になっては都合が悪い。案の定、宗矩は役目を解かれ、監察される側に立たされてしまう。惣目付時代に買った恨みから、難癖をつけられぬよう宗矩が考えた秘策が一夜だったのだ。しかしなぜ召し出すのが商人なのか？　廻国中の柳生十兵衛も呼び戻されて。風雲急を告げる第１弾！

小学館文庫
好評既刊

勘定侍 柳生真剣勝負〈三〉画策

上田秀人

ISBN978-4-09-406874-0

大坂商人から柳生家の勘定方となった淡海一夜(おうみかずや)。当主の宗矩(むねのり)から百石を毟(むし)り取り、江戸屋敷で暮らしはじめたのはいいが、ずさんな帳面を渋々改めているなか、伊賀忍の佐夜を女中として送り込まれ、さらには勘定方の差配まで任される始末。そのうえ、温かい飯をろくに食べる間もなく、柳生家出入りの大店と商談しなければならないのだ。一方、老中の堀田加賀守(かがのかみ)は妬心を剝き出しに、柳生の国元を的にする。他方、一夜の祖父・七右衛門は、孫を取り戻すべく、柳生家を脅かす秘策を練る。三代将軍・家光も底意を露わにし、一夜と柳生家が危機に陥り……。修羅場の第３弾！

小学館文庫
好評既刊

勘定侍 柳生真剣勝負〈四〉
洞察

上田秀人

ISBN978-4-09-407046-0

女中にして見張り役の伊賀忍・佐夜を傍に、柳生家勘定方の淡海一夜は、愚痴りながら算盤を弾いていた。柳生家が旗本から大名となったお披露目に、お歴々を招かねばならぬのだ。手抜かりがあれば、弱みを握られてしまう宴席に、一夜は知略と人脈を駆使する。一方、柳生家改易を企み、一夜を取り込まんとしたが、失敗に終わった惣目付の秋山修理亮は、ある噂を耳にし、再び甲賀組与力組頭の望月土佐を呼び出す。さらに柳生の郷では、三代将軍家光が寵愛する友矩に、老中・堀田加賀守が送り込んだ忍の魔手が迫る！　一夜の策は功を奏すのか？　間一髪の第４弾！

勘定侍 柳生真剣勝負〈五〉
奔走

上田秀人

ISBN978-4-09-407117-7

柳生家の瓦解を企む老中・堀田加賀守が張り巡らせた罠をことごとくすり抜けた、勘定方の淡海一夜。なおも敵に体勢を立て直す余裕を与えまいと、不意打ちの如く加賀守の屋敷まで赴き、驚愕の密約を持ちかけた。三代将軍・家光の寵愛を独り占めにしたい加賀守。一刻も早く士籍を捨て帰坂、唐物問屋を継ぎたい一夜。互いに利を見出す密約の中身とは？　一方、十兵衛は柳生の郷を出て大坂へと向かい、宗矩は家光から命じられた会津藩加藤家への詭計を画策する。さらに一夜をともに慕う、信濃屋の長女・永和と女伊賀忍・佐夜が、相まみえる！　乾坤一擲の第５弾！

勘定侍 柳生真剣勝負〈六〉 欺瞞

上田秀人

ISBN978-4-09-407188-7

一夜が居候する駿河屋に淡海屋七右衛門から焼き物が届いた。大坂一の商人が出した謎かけを受けて立った総衛門は、早速焼き物を手に老中・堀田加賀守の屋敷へ。その頃一夜は伊賀忍の素我部を呼び出し、柳生家を危うくする計略を耳打ちしていた。素我部からの知らせを聞き、一夜に激怒する柳生藩主の宗矩。三代将軍家光が寵愛する柳生左門を巡り、敵味方の奇策が飛び交う中、一夜は秘密裏に旅支度を備える。そして上方では、信濃屋の長女・永和が一夜を心配するあまり、住み込みで手伝っていた淡海屋を飛び出そうと七右衛門と押し問答に……。大車輪の第６弾！

小学館文庫
好評既刊

勘定侍 柳生真剣勝負〈七〉 旅路

上田秀人

ISBN978-4-09-407265-5

淡海一夜は柳生十兵衛と国元へ向かっていた。ようやく辿り着いた箱根だったが、小田原藩の横目付と関所番頭から足止めの嫌がらせに遭う。一方、信州高遠藩の保科肥後守を執政にすべく、大石高の国への領地替えを企む三代将軍家光の野望を果たさんと、宗矩は加藤明成が統べる会津藩に潜り込ませた伊賀者に密命を発した。他方、一夜への嫁入りを望む信濃屋・永和と伊賀忍・佐夜はついに江戸の地を踏み、駿河屋総衛門のもとへ。しかし宗矩に知られ、忍を差し向けられてしまう。さらに、老中・堀田加賀守の陰謀に巻き込まれた柳生左門は……。雲煙飛動の第7弾！

小学館文庫
好評既刊

恩送り 泥濘の十手

麻宮 好

ISBN978-4-09-407328-7

おまきは岡っ引きの父利助を探していた。火付けの下手人を追ったまま、行方知れずになっていたのだ。手がかりは父が遺した、漆が塗られた謎の容れ物の蓋だけだ。おまきは材木問屋の息子亀吉、目の見えない少年要の力を借りるが、もつれた糸は解けない。そんなある日、大川に揚がった亡骸の袂から漆塗りの容れ物が見つかったと同心の飯倉から報せが入る。が、なぜか蓋と身が取り違えられているという。父の遺した蓋と亡骸が遺した容れ物は一対だったと判るが……。父は生きているのか、亡骸との繋がりは？　虚を突く真相に落涙する、第一回警察小説新人賞受賞作！

土下座奉行

伊藤尋也

ISBN978-4-09-407251-8

廻り方同心の小野寺重吾はただならぬものを見てしまった。北町奉行所で土下座をする牧野駿河守成綱の姿だ。相手は歳といい、格といい、奉行よりうんと下に見える、どこぞの用人。なのになぜ土下座なのか？　情けないことこの上ない。しかし重吾は奉行の姿に見惚れていた。まるで茶道の名人か、あるいは剣の達人のする謝罪ではないか、と……。小悪を剣で斬る同心、大悪を土下座で斬る奉行の二人組が、江戸城内の派閥争いがからむ難事件「かんのん盗事件」「竹五郎河童事件」に挑む！　そしていま土下座の奥義が明かされる――能鷹隠爪の剣戟捕物、ここに見参！

小学館文庫
好評既刊

美濃の影軍師

高坂章也

ISBN978-4-09-407320-1

不破与三郎は毎日愚かなふりをしていた。美濃国主斎藤龍興に仕える西美濃四人衆のひとりである兄の光治にとって、腹違いの自分は家督相続に邪魔な存在だからだ。下手に目を付けられれば、闇討ちされかねない。だが努力の甲斐なく、与三郎は濡れ衣を着せられ、斬首を言い渡されてしまう。辛くも立会人の菩提山城主竹中半兵衛に救われるが、不破家家老岸権七が仕掛けた罠で絶体絶命に……。逃走を図る与三郎の前に、織田家への鞍替えと引き換えに助けてやると言う木下藤吉郎が現れたが？　青雲の志を抱く侍が竹中半兵衛や木下藤吉郎らの懐刀になるまでを描く！

死ぬがよく候〈一〉月

坂岡　真

ISBN978-4-09-406644-9

さる由縁（ゆえん）で旅に出た伊坂八郎兵衛は、京の都で命尽きかけていた。「南町の虎」と恐れられた元隠密廻り同心も、さすがに空腹と風雪には耐え切れず、ついに破れ寺（やでら）を頼り、草鞋（わらじ）を脱いだ。冷えた粗菜にありついたまではよかったが、胡散臭（うさんくさ）い住職に恩を着せられ、盗まれた本尊を奪い返さねばならぬ羽目に。自棄（やけ）になって島原の廓（くるわ）に繰り出すと、なんと江戸で別れた許嫁（いいなずけ）と瓜二つの、葛葉（くずのは）なる端女郎（はしじょろう）が。一夜の情を交わした翌朝、盗人どもを両断すべく、一条戻橋（いちじょうもどりばし）へ向かった八郎兵衛を待ち受けていたのは……。立身流（たつみ）の秘剣・豪撃（こわうち）が悪党を乱れ斬る、剣豪放浪記第１弾！

小学館文庫
好評既刊

人情江戸飛脚
月踊り

坂岡　真

ISBN978-4-09-407118-4

どぶ鼠の伝次は余所様(よそさま)の隠し事を探る商売、影聞きで食べている。その伝次、飛脚を商う兎屋の主で、奇妙な髷(まげ)に傾(かぶ)いた着物をまとう粋人の浮世之介にお呼ばれされた。瀟洒(しょうしゃ)な棲家(すみか)狢亭(むじなてい)に上がると、筆と硯(すずり)を扱う老舗大店の隠居・善左衛門がいた。倅の嫁おすまに悪い虫がついたらしく、内々に調べてほしいという。「首尾よく間男と縁を切らせたら、手切れ金の一割、千両なら百両を払う」と約束する隠居に、生唾を飲み込む伝次。ところが、思わぬ流れとなり、邪な渦に呑み込まれ……。風変わりで謎の多い浮世之介とともに弱きを救い、悪に鉄槌(てっつい)を下す、痛快無比の第１弾！

小学館文庫
好評既刊

春風同心十手日記〈一〉

佐々木裕一

ISBN978-4-09-406843-6

定町廻り同心の夏木慎吾が殺しのあったという深川の長屋に出張ってみると、包丁で心臓を刺されたままの竹三が土間で冷たくなっていた。近くに女物の匂い袋が落ちていたところを見ると、一月前に家を出ていった女房おくにの仕業らしい。竹三は酒癖が悪く、毎晩飲んでは、暴力をふるっていたらしいのだ。岡っ引きの五六蔵や女医の華山らに助けを借りて探索をはじめた慎吾だったが、すぐに手詰まってしまい……。頭を抱えて帰宅した慎吾の前に、なんと北町奉行の榊原忠之が現れた!? しかも、娘の静香まで連れているのは、一体なぜ？　王道の捕物帳、シリーズ第１弾！

小学館文庫
好評既刊

絡繰(からく)り心中〈新装版〉

永井紗耶子

ISBN978-4-09-407315-7

旗本の息子だが、ゆえあって町に暮らし、歌舞伎森田座の笛方見習いをしている遠山金四郎は、早朝の吉原田んぼで花魁(おいらん)の骸(むくろ)を見つけた。昨夜、狂歌師大田南畝(なんぽ)のお供で遊んだ折、隣にいた雛菊(ひなぎく)だ。胸にわだかまりを抱いたまま、小屋に戻った金四郎だったが、南畝のごり押しで、花魁殺しの下手人探しをする羽目に。雛菊に妙な縁のある浮世絵師歌川国貞とともに真相を探り始めると、雛菊は座敷に上がるたび、男へ心中を持ちかけていたと知れる。心中を望む事情を解いたまではいいものの、重荷を背負った金四郎は懊悩(おうのう)し……。直木賞作家の珠玉にして、衝撃のデビュー作。

本書のプロフィール

本書は、小学館文庫のために書き下ろされた作品です。

小学館文庫

勘定侍 柳生真剣勝負〈八〉
愚王

著者 上田秀人

二〇二四年九月十一日　初版第一刷発行

発行人 庄野 樹
発行所 株式会社 小学館
〒一〇一-八〇〇一
東京都千代田区一ツ橋二-三-一
電話 編集〇三-三二三〇-五九五九
販売〇三-五二八一-三五五五
印刷所――――中央精版印刷株式会社

この文庫の詳しい内容はインターネットで24時間ご覧になれます。
小学館公式ホームページ　https://www.shogakukan.co.jp

ISBN978-4-09-407384-3